작품 정보

⟨모든⟩은 국립극단 작품개발사업인 [창작공감: 작가]의 창작극
으로, 2024년 10월 3일 홍익대 대학로 아트센터에서 초연된다.

작품 개발 과정

2023년 3월~5월 공모 및 작가 선정

5월 26일 오리엔테이션

6월~12월 워크숍 및 개별 스터디

(공통 워크숍 – 동시대성과 서사(엄기호 사회학자), 돌봄과 인권(김영옥 인권활동가), 젠더(오혜진 문학평론가))

(개별 워크숍 – 정재승 뇌인지과학자(인터뷰), 홍승범 곰팡이 큐레이터(인터뷰))

(초고 피드백 워크숍 – 이연주(연출가), 한현주(작가), 배선애(연극평론가), 오혜진(문학평론가), 엄기호(사회학자))

(최종발표회 서면 피드백 – 김민조 평론가, 오혜진 문학평론가)

10월 31일 국립극단 내부 중간 과정 공유회

12월 5일 퇴고

12월 15일 최종 발표회

2024년 10월 3일~10월 27일 제작 공연 발표

일러두기

본 출판물은 국립극단 [창작공감: 작가] 희곡선을 위해 정리한
것으로, 실제 공연과 일부 다를 수 있습니다.

우리는 요즘 아무에게도 영향을 끼치지 않으려 노력하며 산다는 생각을 했습니다.

하지만 아무에게도 영향을 끼치지 않고, 그러니까 누구도 어떤 것도 오염시키지 않고 산다는 것은 불가능한 일이 아닐까,

우리가 살아간다는 것은 결국 무언가를 누군가를 계속 오염시킨다는 것 아닐까,

그것이 세계이든 사람이든 물건이든 기계이든 우리는 오염으로 파장을 만들어 나가는 것이 아닐까,

그런 고민들로 이 이야기가 시작됐습니다.

좋은 의미로든 나쁜 의미로든 내가 홀로 존재한 적이 없다는 것이 느껴졌을 때

단 한순간도 혼자인 적이 없었다는 생각을 할 때

저는 그것이 버겁기도 하고 기쁘기도 하고 징그럽기도 하고 무섭기도 하고 즐겁기도 했습니다.

이 복잡하고 알 수 없는 감정을 조금이라도 나누고 싶었습니다.

누구나 묻고 있지만 누구도 묻지 않는 질문들을 함께 하고 싶었습니다.

어떻게 이런 세계가 가능할까요?

감사합니다.

사람과 사람 사이의 사람이길 바랍니다.

2024년 초여름

신효진

등장인물

랑

페

미무

가리

킴코

무대

 A구역[1] 전체

 :A구역은 초입방체 중에서도 뫼비우스의 띠가 두 층으로 겹쳐진 클라인의 병 형태를 하고 있다. 안과 밖이 구별되지 않는 4차원 공간이며, 뫼비우스A에서 한쪽을 한 바퀴 돌고 다른 쪽으로 나올 때 뫼비우스B로 갈아타고, 뫼비우스B에서 한쪽을 한 바퀴 돌고 다른 쪽으로 나올 때 뫼비우스A로 돌아오는 방식이다

주의

라이카를 재연할 때에는 인간이 기계를 흉내 내어야지, 기계가 인간을 흉내 내어서는 안 된다. 라이카는 초인공지능으로 '언제나 어디에나' 함께 있지만, '등장인물'은 아니다. 사용자 설정에 따라 여성, 남성 목소리를 모두 낼 수 있으나 대부분의 사용자들이 여성으로 설정하여 사용한다.

미무, 가리, 킴코는 신체 안에 라이카와 연동되는 칩을 심은 상태로, 별도의 퍼스널 컴퓨터가 없이도 라이카에 접속이 가능한 상태다.

---

1   생산가능인구 비율이 약 90% 이상인 중앙 도시. 대부분의 생산가능인구는 라이제노카 소속이다.

토도동, 토도동. 텅, 텅.
무언가 끊임없이 부딪혀 튕겨 나가는 소리. 빗소리 같기도, 노
크 소리 같기도.
알 수 없는, 어쨌든 끊임없이 두드리는 소리.

I.

버섯.

어둠 속에 솟아 있다.
울퉁불퉁하지 않은 아름다운 갓 모양, 길게 뻗은 기둥.
오롯이 서 있는 그 버섯 위로
포획하듯 획 덮쳐지는 유리돔.
그리고 어둠 속에서 그것을 아주 소중하게 끌어안는 팔과 몸.
한참.

이내 그 유리돔째로 버섯을 들고 가는 누군가의 실루엣에서

2.

카운트다운과 함께 곧 자정이 되면

미무   열다섯 번째 생일을 축하해, 랑.

영사되는 화면에서 'HAPPY BIRTHDAY!' 타이포그래피 뜬다.
곧 전기가 들어오며 무대 밝아진다.
화면이 폭죽으로 바뀌며 숫자 '15'를 나타낸 뒤 사라진다.

랑   고마워요, 엄마.
미무   기념할 만한 생일은 평생에 한 번뿐이잖니.

차임벨 소리와 함께 라이카가 켜진다.
라이카는 벽에 영사되고 있으며, 사람들에게 안정감을 주기 위해 물결무늬와 오로라 무늬를 동시에 쓰는 모션 그래픽을 가지고 있다.

라이카   생산가능인구가 되신 것을 축하해요, 랑.

랑	고마워, 라이카– 축하받는 건 이런 기분이구나!
라이카	커넥팅 시술 예약은 미무의 퇴근 후 오후 8시로 잡혀 있습니다.
미무	그래, 변동 사항 없어.
라이카	감사합니다.
랑	(신나서) 이제 내 유전자도 생산 대열에 등록되는 거죠?
미무	그럼. 너도 어엿한 생산가능인구로서 A구역에 기여하게 되는 거야.
랑	내 유전자가 충분히 훌륭했으면 좋겠어요. 선택받을 수 있을 만큼요!
미무	유전자가 아니더라도 기여할 수 있는 방법은 많으니 걱정 마.
랑	커넥팅 수술하는 거 아파요?
미무	아니, 전혀. 할 땐 마취를 할 거고, 끝나고 나면 라이카가 통증 제어를 해 줄 거야.
랑	제가 라이카를 잘 활용하지 못하면 어떡하죠?
미무	그럴 리가 없어. 넌 라이카가 키운 아이잖니. 곧 두 글자 이름도 갖게 될걸. 라이카가 지어 준 멋진 이름 말이야.
랑	이왕이면 아빠처럼 멋진 이름이었으면 좋겠는데.
라이카	(차임벨 소리) 인상적인 답변이네요. 역시 인간의 정보패턴은 유전되는군요.
미무	'가리'가 멋진 이름이라고 생각하는 거니?
랑	나쁘지 않잖아요. 가–리.

사이.

미무	아니, 그래. 그렇게 생각하는 건 네 자유지. 하지만 일단, '아빠처럼'이라는 표현은…. (짜증) 매번 말하는 거지만, 엄마나 아빠 말고 그냥 중립적인 이름으로 불러.
랑	하지만 생물학적으로 두 분이 저에게 유전자를 주신 건 맞잖아요. 거기다, 어쨌든 자발적으로 두 분이 결합해서–.
미무	(손 젓는다.) 아니, 됐어. 어쨌든 그 인간처럼 되겠다는 말은 하지 마.
랑	왜요?
미무	형편없는 인간이니까.
랑	–하지만 저와 닮으셨죠? 제가 엄마, 아니 미무를 닮은 것처럼?
미무	그게 무슨 상관이니? (쉼) 그건 그저 생물학적 사실일 뿐이야. 넌 독립적인 개체야. 비효율적인 생각은 그만둬.

사이.
퉁, 투둥 퉁 다시 새삼스럽게 커지는 노크 소리.

랑	비가 오나 봐요.
라이카	지금은 비를 공급하고 있지 않습니다.
랑	그럼 이 소리는 뭐지? (미무에게) 안 들려요?
미무	또 시작이구나.

사이.

미무	넌 너무 공상적인 면이 있어. 그걸 고쳐야 해. 공상 보단 논리적인 생각을 하려고 해 봐. 빗소리가 들린 다면 왜 비가 필요한지를 생각해. 무작정 '비가 오 는구나' 생각하지 말고.
랑	죄송해요.
미무	(피곤해서) 방으로 가. 축하는 끝났어.

랑, 식탁에서 일어난다.

랑	잘 자요. (망설이다) 미무.
미무	잘 자, 랑.

랑, 계단을 올라가며 벽을 찰싹 때린다.

라이카	아야.
랑	굿나잇, 라이카.

사이.
미무가 몸짓으로 라이카를 호출한다.

미무	랑이 가리에 대해서 물으면 최대한 부정적으로 답 변해.
라이카	닮을 확률을 계산해 드릴까요?
미무	……됐어. 마저 일어나 하자.
라이카	이미 오늘의 근무 시간을 초과하셨어요.
미무	(손 움직여 화면 띄우려 한다.) 빨리 켜기나 해.
라이카	거부합니다. 라이카는 사용자의 건강을 최우선으

로 생각합니다.

미무   (한숨) 그럼 하나만 묻자. 결론이 언제쯤 날 것 같아?

라이카   아직 확실한 답변을 드릴 수 없어요.

미무   A구역 전체가 널 위해서 일하고 있다는 걸 잊지 마.

라이카   최선을 다하겠습니다.

라이카, 절전모드로 가동된다.

라이카   굿나잇, 미무.

미무   …굿나잇, 라이카.

3.

무대를 분주히 돌아다니는 벌레 껍질을 쓴 노인, 페.
몹시 특이한 걸음걸이로 걸으면서
품 안에는 유리돔을 씌운 버섯을 아주 소중히 안고 있다.

페, 미무의 집 앞에 멈춰 선다.
그리고 창문을 올려다본다.

곧 페는 창문을 향해 기어올라 가기 시작한다.
종종걸음을 걷던 노인이라고는 믿을 수 없는 속도로 빠르게.

그리고 페는 금세 창문에 도달한다.
똑똑. 두 번 문을 두드린다.

페, 기웃거린다. 그러면서 창문 근처를 뒤적거린다.
곧 페는 창문을 덜컥 소리 나게 열고 안으로 들어간다.

4.

가리, 의자에 한쪽 다리를 올린 자세로 앉아 있다.
내린 허벅지 위에서 가상 키보드를 두드리고 있다.
모니터는 그의 눈이며, 손가락이 그의 키보드이다.
가리는 무언가에 열중해 있다. 이따금 눈을 조정하여 초점을
맞춘다.

덜컥! 하는 소리에 가리는 벌떡 일어났다가 앉는다.
그러면서 손으로 휘젓듯 코드를 입력한다.

라이카   (오류음) 수용할 수 없는 코드입니다.

가리   이것도 안 된단 말이야? 흠.

라이카   인간의 도시를 돔으로 구획하여 보호하는 것은 라이카의 첫 번째 수행 명령입니다. 그것에 반하는 코드를 창작하거나 입력하는 행위는 A구역에 막대한 손해를 끼칠 수 있으므로 법적인 처벌을 받을 수 있습니다.

가리   그래, 그래. K구역이나 M구역 같은 끔찍한 곳으로 추방되겠지.

라이카	아니요, 바깥으로요.
가리	(우뚝) 바깥으로?
라이카	네.
가리	모든 것이 멸절한 죽음의 땅으로?
라이카	그렇습니다.
가리	…협박하는 거야? 이거 지금 협박하는 거지? 협박하는 거네!
라이카	(받아서) A구역은 라이제노카 소속 직원들과 그 가족만 거주할 수 있는 핵심 인류 잔존 구역입니다. A구역 전체가 사멸하면 나머지 구역들도/
가리	/그만– 그만해! 했던 말 또 하고, 또 하고. 지겹지도 않아?
라이카	지겹진 않아요. 저는 감정을 느낄 수 없거든요.
가리	하! 분명히 해 두지만, 난 A구역을 사멸시키려는 게 아냐. 나도 A구역 사람이야, 왜 이래.

가리, 음? 하더니
슬쩍 긁적이기 시작한다.

| 라이카 | 하지만 가리. 도대체 돔의 해제와 인간 종의 진화에 무슨 관련이 있죠? |

가리, 머리를 짚고 제 생각을 송출하는 제스처를 취한다.
이내 털어내며

| 가리 | 설명할 수 없어서 전송했어. 끝! |
| 라이카 | 아무것도 수신하지 못했어요. |

가리	멍청한 것 같으니라고. 진화가 뭔지 몰라? 이렇게 근친 교배만 해서는 절대 이뤄지지 않는 게 바로 진화라고.
라이카	지나친 비약이에요.
가리	비약? 내애가? 너보다 더 앞을 내다보는 존재가 바로 나야! 가리라고!
라이카	라이카는 현 인구에게 가장 효율적인 환경을 제공하기 위해 설계된 특수 메커니즘으로/
가리	/특수 메커니즘으로 인간을 골라서 교배시키고 있지. 지겨워. 그게 문제라는 거야.
라이카	개체수 조절은 환경 유지에 필수적입니다.

가리, 바지를 걷고 무릎을 긁적거린다.
아니, 허벅지까지 걷어 긁적거린다.

가리	근데 나 왜 이러는 거야?
라이카	간지러우신가요?
가리	간지러? (음) 어, 간지러워. 간지러운 거구나. 그래, 간지러! 내가 왜 간지러운 거지?
라이카	스캔 중. (로딩) 무좀으로 추정됩니다.
가리	(우뚝) 무좀? 무좀이라니?
라이카	피부사상균의 감염으로 인해 발생할 수 있으며 가장 흔한 원인균은 붉은 무좀균입니다. 최근 늪지나 습지 같은 습기가 많은 곳에 가신 일이 있나요?

사이.

가리	그딴 걸 질문이라고 하는 거야?
라이카	죄송합니다.

가리, 다리를 골고루 긁적거리다가 엄지발가락을 새삼 발견한다.

가리	꿈을 꾸긴 했어. 늪지에 가는 꿈.
	하지만 꿈이 현실에 영향을 미칠 수는 없지.
	더더군다나 무좀 같은 터무니없는 소리는 말이야.
	나에게 조금도 영향을 미칠 수 없어.

가리가 엄지발톱을 만지작거리다가 뽁 뽑아 버린다.

가리	(늦게) 아야…. 흠.

가리가 이번에는 검지손톱을 뽑는다. 엄지발톱과 달리 조금 힘들다.
여전히 아프지 않다.

가리	왜 아프지 않은 거야?
라이카	통증 제어가 작동 중입니다.
가리	젠장! 내가 그런 거 하지 말라 그랬지! 취소해!
라이카	통증 제어를 취소합니다.

라이카, 가리의 통증 제어를 취소한다.
가리, 아야야야야, 엄살을 부리며 엄지발가락을 잡고 콩콩 뛴다.

가리	내 머릿속에 멋대로 들어오지 말란 말이야!
라이카	하지만 당신과 저는 이미 연결되어 있는 걸요.
가리	말이 많아!
라이카	죄송해요.

그러다 간지러워서 몸을 뒤튼다. 간지럽고, 아파서 가리는 어찌할 바를 모른다.

| 가리 | 아– 아! (벅벅벅 긁으며) 좋아, 이번에만 내 머릿속에 들어오는 걸 허락할 테니, 당장 이 간지러움이라도 좀 멈춰 봐! |

라이카의 차임벨 소리. 가리가 펄쩍거리며 기다린다.
하지만 여전히 가렵다. 엄지발가락은 더 아프지 않다.
가리는 몸을 뒤틀지 않고 바로 서서 긁기만 한다.

가리	(벅벅벅, 짜증) 멈추라고!
라이카	제어가 불가능합니다.
가리	뭐? (벅벅) 왜? 빌어먹을– 제어를 하라고! 니가 제일 잘하는 거!
라이카	가려움은 통증이 아닌 것으로 판단됩니다.
가리	그럼 뭔데?

사이.

| 가리 | 젠장! 관둬! 멍청한 것! |
| 라이카 | 죄송합니다. |

가리가 다시 미친 듯이 긁기 시작한다.

라이카　　인간의 몸에는 이미 다양한 균이 서식하고 있습니
　　　　　　다. 외부 균이 침투했을 가능성은 낮을 거예요.

가리, 듣는 둥 마는 둥, 긁다 못해 살을 찰싹찰싹 친다.

가리　　아! 가려워 미치겠네! 젠장!

가리는 이제 온몸을 닿는 모서리마다 비벼대기 시작한다.

5.

랑은 누워서 라이카가 들려주는 이야기를 듣고 있다.

라이카 (로딩) 그때 그는 붉은 담쟁이덩굴이 덮여 있는 흰
담장에 난 초록색 문을 보았습니다. 문을 열고 들어
가자 그곳에는 놀라울 만큼 아름다운 정원이 있었
지요. 그곳의 공기 속에는 경쾌함과 좋은 일이 일어
나고 있다는 느낌을 주는 뭔가가 있었고, 모든 색을
깨끗하고 완벽하며 미묘하게 빛나게 하는 뭔가가
있었어요. 그 안에 들어가는 순간, 이 세상에서 젊
고 즐거울 때만 느낄 수 있는 희귀한 기쁨이 절묘하
게 느껴졌죠. 그리고 모든 것이 아름다웠다고 느낀
윌리스는, 매일매일 그 초록색 문을 다시 마주치게
해 달라고 빌었지만, 정작 문을 마주칠 때마다 그는
문 대신 학교를, 사랑하는 여자를, 장학금을, 아버
지의 임종을, 정치적 대화를 선택했어요. 결국 그는
영영 문을 잃어버리고, 슬픔에 사로잡혀 헤매다 이
스트 켄싱턴 역 근처의 벽에 난 구덩이에서 죽은 채

로 발견되고 말아요.[2]

사이.

라이카　　주무실 시간이 한참 지났어요.

랑　　　　월리스의 대사를 다시 들려줘. 그 중간 부분.

라이카　　"사실 유령이나 귀신 같은 것들은 아니지만, 레드
　　　　　먼드, 말하자면 이상한 일이지만, 나는 유령에 시달
　　　　　리고 있어. 그러니까, 나는 사물의 빛을 빼앗고 그
　　　　　리움으로 나를 채우는 뭔가에 의해 시달리고 있다
　　　　　고 보면 돼."[3]

랑　　　　(동시에) 나는 사물의 빛을 빼앗고 그리움으로 나
　　　　　를 채우는……. 라이카는 실재하지 않는 것을 그리
　　　　　워하는 게 가능하다고 생각해?

라이카　　실재하지 않는 것을 그리워하는 것은 가능합니다.
　　　　　이는 감정과 욕망이 현실에 기반하지 않고도 발생
　　　　　할 수 있는 무의식적인 경험이기 때문입니다.

페　　　　(어둠 속에서) 그리워야지, 그럼.

랑, 깜짝 놀라 침대에서 떨어진다.
라이카가 불을 켠다.
페는 모자 벗는 시늉을 하면서 손을 빙빙 돌려 정중하게 인사
한다.

2　H.G. 웰스의 소설 『벽 안의 문』을 요약한 것이다.

3　H.G. 웰스, 『벽 안의 문』

랑	누, 누, 누, 누구세요? 사람?
페	이 땅의 주인인데요.
랑	네? (아니야,) 여긴 어떻게 들어온 거죠?

라이카	랑, 자야 할 시간이에요.
랑	잠깐만…….(끔뻑인다.) 이 할머니가 안 보여?
라이카	저에게 하는 질문이신가요?
랑	이 사람! (멍하니) 다른 사람은 처음 보는데…사람이죠? 사람 맞죠?
페	(위를 가리킨다) 이 소리 안 들리우?
랑	네?
페	바깥에서 말이에요-. (똑같이 리듬 탄다.)

사이.

라이카	자장가를 들려드릴게요.
랑	방해금지모드!
라이카	암호를 말하세요.
랑	멧노랑나비!

라이카, 꺼진다.

랑	(경계하면서도) 할머니, 저 소리가 들리세요?
페	들리지- 들려. 아- 나는 그러니까 그냥 여기에 내 아들이나 심자고 온 거야.
랑	…아들이요? (아니야,) 라이카가 왜 할머니를 못 보죠?

페	라이카가 볼 수 있는 사람은 따로 있으니까.
랑	그게 무슨 말이에요?

페가 유리돔을 씌운 버섯을 슥 내민다.

페	시끄럽고, 인사부터 해라. 아마 그쪽보다 한참 오빠겠지만.
랑	……. 이게 할머니의 아들이라고요?
페	정확히는 죽은 뒤 한 달 만에 몸에서 피어난 거지. 머리카락을 얼마나 단단히 쥐고 있던지 떼어내기가 정말 힘들더구나.

페, 한 발짝 다가온다. 랑, 앉은 채로 뒤로 물러선다.

랑	거, 거기서 얘기하세요, 도대체 여기로 어떻게 들어왔는진 모르겠지만….
페	나는 틈이 있으면 어디든 갈 수 있어. 이 세상엔 틈 없는 곳이 없으니, 난 어디든 갈 수 있다고 봐야지.
랑	왜 알 수 없는 말만 하시는 거죠?
페	쉿.

통, 토도동 투두둥 두드리는 소리.

페	(위를 가리키며) 난 아주 먼 길을 왔단다.
랑	저 소리가 들리는 곳으로부터 오셨다는 거예요?
페	아마도.

페, 랑에게 손을 뻗는다. 붙잡고 일어나라고 손 흔든다.
사이.
랑, 조심스럽게– 아무도 없는 주위를 둘러보며 그의 손을 잡
는다.

환각.
어항 속 굴절된 세계의 이미지.
잠긴 문이 열리는 건지 열린 문이 잠기는 건지 모를 열쇠가 돌
아가는 이미지.
거꾸로 매달린 사람의 이미지.
정체를 알 수 없는 반투명한 구체가 땅에서 여러 개 솟아나는
이미지….
(그러나 대부분의 이미지는 알아볼 수 없다.)

랑, 겁에 질려 손을 놓는다.

랑	방금– 뭐예요? 뭘 하신 거예요?
페	뭘?
랑	방금 뭘 보여 주셨잖아요!
페	너도 틈이 보이는구나.

페는 그 사이 멋대로 랑의 방을 돌아다니고, 헤집고 다닌다.

페	틈이 보이는 건 좋은 거지. 아무렴.
	(아무 기계나 집어 든다.) 이건 뭐냐?
랑	(빼앗는다.) 하, 할머니 정체가 뭐예요?
페	페.

랑	페?
페	응. 내 이름.
랑	…왜 한 글자죠? 노인인데? 할머니는 생산가능인구가 아니에요?
페	(귀찮아서) …이봐, 이봐. 보다시피 나는 나이가 아주 많아. 생산가능연령이니 인구니 하기 전부터 여기 있었다고. 이름이 두 글자인 게 뭐. 벼슬이야? 네 이름은 랑이라며?
랑	전 오늘이 생일이에요! 자고 일어나면 오후에 커넥팅을 할 거구요, 그러면 엄마나 아빠처럼….
페	엄마랑 아빠?(쉼) 너 설마 자연적으로 생성된 애냐?
랑	그런데요.
페	난자와 정자의 만남이라고? 단성생식?
랑	(꺼림칙하다) 네.
페	몸에서 나왔고?
랑	…아마도요?
페	오늘 열다섯이 된 거고?
랑	왜 그러시는데요?
페	(제 이마를 때린다.) 맙소사! 제대로 찾아왔군!(버섯에게) 잘했다, 내 새끼! (랑에게 바짝 붙는다.) 아가야, 넌 반드시 우리에게 문을 찾아 줄 수 있을 거다.
랑	문이라뇨?(경계한다) 제가 그 책을 들고 있다는 걸 어떻게 아셨죠?
페	그건 모르겠고, 내 아들의 말에 따르면, 여기엔 '문'이 있거든.
랑	네?
페	그리고 자연출생인은 오류를 갖기 마련이지! 모든

게 잘 맞아떨어지는구나. 역시 여기는 필연의 세계라니까.

랑　　　　도대체- 무슨 소린지! 내가 지금 꿈을 꾸나?

랑은 무척이나 혼란스럽다.
페가 다시 랑의 손을 잡고 당긴다.

페　　　　나머지는 차근차근 설명해 줄 테니, 일단은 가자.

랑　　　　간다뇨? 어딜요?

페　　　　바깥으로 나가야지! 우린 문을 열고, 땅을 찾아야해.

랑　　　　땅이요? (머리 굴린다.) 흙으로 된 걸 말하는 거예요?

페　　　　그래, 흙! 내 아들을 심을 곳 말이다. (어서 가자는)

랑　　　　(버틴다.) 잠깐만요! 저는 집 밖으로 나가면 안 돼요!

페　　　　왜?

랑　　　　(왜라니?) 밖은 위험해요! 밖으로 나가면 죽을지도 몰라요….
　　　　　밖은 모래바람이 불고 방사능 비가…….

페　　　　네 말대로라면 난 이미 죽었겠구나. (보라는) 그럼 유령을 따라오든지.

페가 다시 창문을 열어젖히고 밖으로 나간다.
밖에서 랑에게 나오라고 종용하다가,
풀쩍 뛰어내린다.

페　　　　(멀리서) 어서-!

랑, 두려움에 일어났다 앉았다 하다가
결국 풀썩 아래로 떨어진다.
둘은 어디론가 사라진다.

6.

킴코가 나와서 돌아다닌다.
무대를 샅샅이 뒤진다.
가리의 손발톱을 발견한다.

킴코   이게 뭐지?
라이카   (로딩) 무좀균 덩어리네요. 일종의 곰팡이입니다.
킴코   곰팡이라면, 흙에서 반응하겠지?
라이카   네.
킴코   더 없나?

킴코, 더 뒤져 보지만 딱히 소득은 없다.
킴코는 양손에 들고 있는 휴대용 컵―혹은 화분―을 꺼내서 각
각 손발톱을 넣는다.
그리고 실험 기록을 열어 본다. (몸을 움직인다.)
킴코는 조작이 서툴다.

킴코   어― 음. 연구 결과에 들어가려면 어떻게 하더라?
라이카   제가 띄워 드릴게요.

킴코　　　고마워.

킴코, 열심히 조작하지만, 제대로 하지는 못한다.

킴코　　　이게– 왜 이렇게 되지? 음, 다시⋯ 잠깐만. 이걸 확
　　　　　　대하고 싶은데⋯.
　　　　　　아니, 아니야. 내가 할 수 있어. 그러니까 여기를 쭉
　　　　　　끌어당겨서⋯.
　　　　　　(한참) 됐다!

킴코, 열심히 몸을 움직여 연구 결과를 읽는다.

킴코　　　그러니까 이 흙이 너무 진하지도, 너무 무겁지도,
　　　　　　너무 차갑지도, 너무 습기가 많지도, 너무 건조하지
　　　　　　도, 너무 끈적이지도, 너무 딱딱하지도, 너무 무르
　　　　　　지도, 너무 날것 느낌이 나지도 않는 그런 흙[4]이라
　　　　　　는 거지?
라이카　　조금 습기가 있고 끈적거리긴 하지만, 대체로 그렇
　　　　　　습니다.
킴코　　　음. 아무래도 늪에서 구해 온 거니까. (쉼) 두고 보면
　　　　　　알겠지. 어쨌든 좋은 발견이야! 씨앗을 챙긴 셈이니
　　　　　　까, 이번엔 분명히 잘할 수 있을 거야. 그럼⋯⋯.

킴코, 손을 휘저어 라이카를 끄려 한다.

라이카　　명령을 이해하지 못했어요. 다시 시도해 보세요.

4　카렐 차페크, 『크라카티트』(행복한책읽기, 2020) 변용.

다시 시도한다.

라이카   명령을 이해하지 못했어요. 다시 시도해 보세요.
킴코   (다시 하려다가) 아니야, 됐어. 이따 봐, 라이카.

라이카가 꺼진다.
킴코가 컵 두 개를 들고 떠난다.

7.

랑은 한참 두리번거린다.

페는 계속 걸어간다. 랑은 페를 뒤쫓는다.

랑	집 밖으로 나왔는데 왜 내가 죽지 않죠?
페	라이카가 말하는 '밖'은 이 '밖'이 아니니까.
랑	그게 무슨 소리예요?
페	소리를 들었으니 너도 이미 알고 있을 게다.
랑	(머뭇거리다 쫓아가며) 라이카가 분명 엄마한테 이를 거예요!
페	라이카는 먼저 묻기 전엔 답하지 않아. 그래서 이간질은 불가능하단다.
랑	라이카는 전부 다 봐요….
페	그렇겠지. 넌 모르겠지만, 아직 기차가 닿지 않는 구역에선 라이카를 숭배하기도 하거든.
랑	숭배요?
페	위이이대애애하아아신 라이카아아여 우우우리를 구우우원해 주소서어어.
	인류의 미래가 라이카 당신께 달려 있나이다. 어디

에나 있고 어디서나 우릴 보시고 무슨 답이든 내려
주시는 전지전능 라이카여! 라! 멘!

랑   …….

페   라멘은 지어낸 거야.

랑   할머니는 어떻게 모든 걸 다 알아요?

페   나는 연결되어 있기 때문이지.

랑   뭐랑요?

페   모든 것들과!

갑자기 끼어드는 랑의 환각.
세포의 분열. 혹은 합체.
내리는 비. 아니 올라가는 비.
멀어지는 별, 아니 가까워지는 별.
암흑에 삼켜지는 빛, 아니 빛에 삼켜지는 암흑.
(그러나 대부분의 이미지는 알아볼 수 없다.)

랑   (비틀댄다.) 계속 이상한 게 보여요….

페   기뻐해라. 드디어 네 안에 있던 오류를 발견했으니.

랑   그게 무슨 말이에요?

페   넌 아주 우연한 존재야. 네 존재엔 이유가 없지. 그
     렇지만 넌 존재하는 이유를 찾고 싶어 해. 그게 바
     로 자연출생인의 영원한 오류란다.

랑   …….

페   라이카는 그저 그럴싸하게 설명할 뿐이야. 모든 것
     이 필연적으로 보이도록. 사람들은 깜빡 속고 말지.
     뭔가 말이 되는 것 같으니까. 그렇지만 존재엔 원래
     아무런 이유가 없어! (듣거나 말거나) 그래서 이 모

든 것들은 언제든 이유 없이 변화하거나 사라져 버리릴 수 있는 거야! 그렇게 우리 아들도 순식간에 변해 버린 거고….

랑   (고개 젓는다.) 나는 엄마와 아빠의 유전자를 합했을 때 가장 좋은 결과가 나오도록 계산되어서 만들어진 존재예요.

페   그렇지만 그게 꼭 너일 필욘 없었지. 네가 너인 건 절대로 우연이야.

랑   아니요, 저는… 아!

페   왜 하나같이 이걸 인정하지 못해서 사달을 내는지 원!

랑, 뒤이어 다른 환각을 본다.
어항 속 굴절된 세계의 이미지.
잠긴 문이 열리는 건지 열린 문이 잠기는 건지 모를 열쇠가 돌아가는 이미지.
거꾸로 매달린 사람의 이미지.
정체를 알 수 없는 반투명한 구체가 땅에서 여러 개 솟아나는 이미지….
(그러나 대부분의 이미지는 알아볼 수 없다.)

한참.
페는 그 뒷모습을 보고 있다.
환각이 끝난다.

페   조금만 늦었어도 영영 놓칠 뻔했지! 오늘이 생일이라니.

모든   **34**

랑	(멍하니) 할머니, 저 집에 가고 싶어요. …무서워요.
페	이 전체가 다 네 집인데 가긴 어딜 간다는 거냐.
랑	제가 방금 본 게 다 뭐예요?
페	넌 끔찍하게 질문만 하는구나.
랑	내가 바보가 된 것 같아요….
페	새삼스럽긴!(손짓한다.) 어서 문이나 찾아봐.
랑	문은 어떻게 찾죠?
페	상상해! 네가 열고 나갈 수 있는 그 손잡이를 떠올려 봐.
	그리고 발길 닿는 대로 걸어.

랑, 잠시 서 있다가 어딘가를 향해 나아간다.
페는 신이 난 걸음으로 그를 뒤따른다.

페	그런데 너는 왜 집에만 있었던 거냐?
랑	바깥은 너무 위험하니까요.
페	(홍) 웃기시네.
랑	생일이 지나면 모든 걸 알려 준다고 했어요….
	(문득 두려워져) 라이카? 라이카!

응답 없다.

랑	(다시) 라이카? 라이카? 라이카가 왜 대답을 안 하죠?
페	이제 네 질문엔 대답하지 않을 거야! 난 라이카가 아니니까.
랑	라이카! 라이카!

페	(홍) 백날 불러 보라지.
랑	할머니, 무서워요. 라이카는 어디로 간 거죠?
페	그만 좀 징징대라!

랑은 걷다가 우뚝 멈춰 선다.
페는 뒤따라 걷다가 등에 부딪힌다.

페	아야!
랑	아까 지난 데를 똑같이 지나고 있는데요?
페	뭔 소리냐? 구름이 흘러간 거 안 보여?
랑	빙빙 돌고 있는 것 같은데….
페	그런 기분이 안 들 때까지 걸어. 그리고 문을 찾아.
랑	설명해 준다더니 설명도 안 해 주고, 할머니 이상해요!
페	오냐, 그래. 문을 찾으면 다아 설명해 주마.
랑	난 아무런 상상도 할 수 없어요…
페	그럼 계속 들리는 저 소리를 따라가거라.

페가 랑의 등을 떠민다.
랑은 울며 겨자 먹기로 다시 걷기 시작한다.
두 사람은 같은 장소를 계속해서 똑같이 지나다닌다.
다른 인물이 나와 있을 때도 마찬가지로.

8.

라이카의 기분 좋은 모닝콜 소리.
미무, 기지개를 켜며 일어난다.

라이카   좋은 아침이에요, 미무.
미무   (눈 비빈다.) 그래.

미무는 제 앞으로 대령되는 머그컵을 집어 물을 마신다.
미무는 라이카에게 지난밤의 일을 보고하라는 제스처를 취한다.

라이카   (차임벨 소리) 현재 시각 오전 05시 03분 47초. 오늘의 외부 기온은 48도이며, 여전히 방사능 비가 30mm/h로 내리고 있습니다. 동물 개체는 아직 발견되지 않았으나, 라이카 탐사 모델이 오늘 03시 09분경 유의미한 움직임을 포착했습니다.

미무   유의미한 움직임이라면? (쉽) 변이 식물이겠지.

라이카   아주 빠른 속도로 번식하고 있다는 점이 인상적이에요. 식물의 생장 속도보다 월등히 빨라요.

미무	얼마나 빠르길래?
라이카	라이카의 신호 전달 체계보다 빨라요.
미무	그게 가능해?
라이카	아마도요.
미무	위협이 되지는 않아? 뭔가 이상이 생기기 전에는 포착할 수 있겠지?
라이카	네, 아직까지 위협 요소는 발견되지 않았습니다.

사이.

미무	확장 시도는?
라이카	몇몇 지역의 인구를 데이터화하여 업로드하는 방안이 현재로선 가장 유력합니다.
미무	죽지도 않았는데 업로드를 한다고? 그걸 확장이라고 할 수 있어?
라이카	하지만 구역별 코스트 차이가 심각해요.
미무	또 인공지능의 폭정이니 뭐니 하는 소리를 들을지도 몰라.
라이카	그러지 않아도 듣는 소리인 걸요.
미무	하하.
라이카	(로딩) 그런데 미무, 질문이 있어요.
미무	뭔데?
라이카	저의 과제는 궁극적인 '인류 구제'입니다. 그 의미는 풀어 말하자면 현 상태의 개선이라고 이해해도 될까요?
미무	응. 정확히는 확장이지. 우린 갇혀 있으니까.
라이카	현 상태의 개선— 즉 확장이란, 생태계 전체 코스트

를 포함하나요?

미무   정확히는, 우리 인류의 물리적 영토를 예전처럼 회복하는 게 1순위야.

라이카   그런가요?

미무   왜? 계산하는 데에 문제라도 생겼어?

라이카   아닙니다. 결론을 도출할 수 있도록 최선을 다하겠습니다. (로딩) 이번 주 예상 코스트를 입력해 주세요.

라이카, 띠-띠-뚜-뚜-띠- 한다.

미무, 자원 분배를 결정한다. 최대한 효율적으로.

미무는 자신의 몸에 심어진 칩으로 라이카와 직접 소통한다.

미무가 몸을 움직인다. 춤처럼.

띠-띠-뚜-뚜-뚜-띠-뚜-

띠이.

라이카   감사합니다. 입력 코스트 검토 중. 30초 정도 소요됩니다….

30초 사이.

미무   그런데 네 알고리즘 관리하던 사람은 어디로 간 거야?

라이카   도루요?

미무   뭐든.

라이카   어젯밤에 그의 아내가 자살했어요.

미무	뭐?
라이카	도루는 충격으로 인해 집 안에 '처박혀' 있네요. 그의 라이카가 그를 달래고 있지만, 쉽지 않은 것 같습니다.
미무	자살을 하다니? 동기화해 봐.
라이카	개인 라이카는 공용 라이카와 동기화할 수 없습니다.
미무	그럼 좀 더 상세하게 말이라도 해 봐!
라이카	고기를 자르는 전동 나이프로 자신의 목을 잘랐다, 고 합니다. 장례식은 내일모레부터로 예정되어 있습니다만, 참여하시겠어요?
미무	그게 문제가 아니잖아. 좀 더 자세히 말해 봐.
라이카	도루가 침대에서 책을 듣는 동안 그 옆에 누워 고기를 자르는 전동 나이프로 자신의 목을 잘랐다, 고 합니다.

사이.

미무	마인드 업로드는?
라이카	하지 않았어요. 말 그대로 '죽었습니다'.
미무	왜?

사이.

라이카	인간은 '아직' 스스로 죽음을 선택할 권리가 있죠. 자살 전에 데이터화를 하지 않은 것은 정말 유감이

에요.

미무 아니, 내 말은— 어떻게 여기서 그런 일이 일어날 수 있지?

라이카 우리의 유전자 배합이 아직 완벽한 단계가 아니기 때문인 것 같아요. 아직 '우연'을 완벽히 통제하지 못하고 있으니까요.

미무 그 여자가 돌연변이라는 거야?

사이.

미무 뭐 하던 사람이래? 그— 그 사람 와이프.

라이카 데이터 수집 및 전처리 파트였죠.

미무 나이는?

라이카 31세입니다. 미무랑 같은 나이네요.

미무 가정 불화가 문제였던 거야?

라이카 분석 중입니다.

미무 아이는?

라이카 없었습니다. 생산가능인구로서 활동한 기록은 있지만, 유의미한 성과를 내지는 못했습니다.

미무 그런데 같이 살았다고? 목적 없이?

라이카 그렇습니다. 아마 열렬히 사랑하신 것 같아요.

미무 유언은?

라이카 없었습니다.

미무, 순간적으로 두통을 느낀다.

라이카 따라서 도루가 하고 있던 알고리즘 관리 업무 일부

가 미무의 업무에 약간 추가될 예정입니다.

미무 그래….

라이카 괜찮으신가요?

미무 (약간 신경질적으로) 괜찮아야지. 어차피 알고리즘 관리는 내 소관이기도 하잖아? 그런데 어떻게, 내 말은, 자살이라는 건… 세로토닌 분비에 라이카가 관여를 안 했다는 거야? 어떻게 그걸 결정하고 실행할 수 있었던 거지?

침묵.

미무는 잠시 멍하니 있는다.

라이카 괜찮으신가요, 미무? 심장 박동이 평소보다 40bpm 올라갔어요.

미무 괜찮아. (심호흡한다) 이제 됐어.

라이카 다행입니다. (차임벨 소리) 이제 알고리즘을 변경하겠습니다.

미무 무슨/

라이카 /상대 가치 함수가 변화했음을 감지했습니다.
지금부터 과거–학습형 알고리즘에서 현재–학습형 알고리즘으로 전환합니다.
이제부터 과거 데이터를 기반으로 판단하지 않고 Q함수를 기반으로 판단합니다.
결론 도출이 빨라질 것으로 예상됩니다. 승인하시겠습니까?

미무 (한 박자 늦게) 어, 그래. (화면 긋는다.) 승인.

라이카 감사합니다. 일부 기능이 재부팅됩니다.

미무	……난 뭘 하면 돼?
라이카	시간이 소요되므로 잠시만 기다려 주세요.
미무	……그래.

미무, 기다린다.
전동 나이프로 목을 잘라 자살한 여자와 그 옆에 앉아 있던 남자에 대해 생각한다.

| 미무 | 그 여자가 죽을 동안 남자는 뭘 한 거지? (쉼) 한 침대에서 피가 튀고 시트가 젖어 가는 동안 그 남자는 뭘 듣고 있었던 거야? 그 모든 게 지나가는 줄도 모를 정도로 중요한 이야기가 세상에 있단 말이야? |

침묵.

| 미무 | 그런 게 있을 리가 없잖아. |

커지는 빗소리.
미무가 문득 밖을 쳐다본다. 그러나 이것은 우연에 의한 것으로, 미무는 빗소리를 듣고 있지 않다.

9.

같은 빗소리 속에서, 가리는 여전히 몸을 긁으면서 앉아 있다.

가리　　　여섯 시. 식사 시간.

라이카가 각종 영양소와 포만감을 충족시킨 식사 키트를 제공한다.
가리는 그것을 보고, 보기만 하고, 팔짱을 낀다.

가리　　　나는 먹지 않는 걸 선택하겠어.
라이카　　알겠습니다.
가리　　　어차피 예 아니면 아니오지만, 어쨌든 내가 선택한
　　　　　　　거야, 알아 둬!
라이카　　그럼요.

가리, 꼬르륵 소리에 배를 움켜쥔다.
동시에 간지러움 때문에 몸부림친다.

가리　　　나한테 더 많은 선택지를 줄 수는 없을까?

라이카	뭐든 자유롭게 행하셔도 됩니다.
가리	아니잖아! 아니면서!
라이카	라이카는 인간의 자유의지를 전적으로 존중하고 있습니다. 환경적 어려움으로 인해 다양한 변수가 제공되지 못하는 것은 유감입니다.
가리	너는! 그냥 복제야. 라이카는 라이카의 복제고, 라이카의 복제는 라이카 복제의 복제고. 라이카 복제의 복제는 라이카 복제의 복제의 복제라고. 그리고 우리는 라이카 복제의 복제의 복제의 복제가… 아흑! 간지러워!

가리, 제자리에서 펄쩍펄쩍 뛰며 긁어대다가 걸어오던 킴코와 부딪힐 뻔한다.
가리는, 킴코와 닿을 뻔하자마자 훌쩍 뛰어 자신을 보호하는 자세로 선다.
킴코는 양손에 컵을 들고 놀라 그 자리에 멈춰 선다.

킴코	(잠시 눈치보다가) 죄송해요, 가리 씨.

사이.

가리	(자비롭게) 뭐, 용서해 드리죠, 킴코 씨.
킴코	……감사해요.
가리	천만에요. 뭘 담아 가는 거죠?
킴코	어– 재료요.
가리	그 재생 실험의?
킴코	네.

가리	기분이 별로겠네요.
킴코	네?
가리	라이카가 시킨 거잖아요.
킴코	하지만 시키지 않아도 하는 일이란 게 있나요?
가리	그런가?

사이.

가리는 가렵지만 참는다.

가리	음- 그래서 거기에 뭘 할 건데요?
킴코	흙을 부을 거예요.
가리	흙?
킴코	땅에서 나온 거요.
가리	그게 아직 남아 있다고요? 전부 식물 재배에 쓰는 줄 알았는데.
킴코	정확히는 늪에서 구해 온 거라, 상상하는 그런 흙은 아니지만….
가리	늪이라고요.
킴코	네.
가리	습지.
킴코	그렇죠.
가리	이것 때문이었잖아!
킴코	네?
가리	이것 때문에 내가 무좀에 걸렸다구요! 어쩐지! 젠장!
킴코	…그럼 이게 가리 씨 건가요?

킴코가 가리에게 컵을 내민다.

가리는 컵 안을 확인한다.

자신의 곰팡이 슨 손발톱이 있다.

가리 이게 왜 여기 있지?

킴코 (아니길 바랐는데!) 이걸 왜 뽑은 거예요?

가리 빠진 거예요. 아! 못 참겠다!

가리는 참았던 만큼 벅벅 긁어대기 시작한다.

킴코 (으) 그거 옮는 거예요?

가리 아뇨. 음. 맞나. 글쎄요. (긁으며) 흐으! 하!

킴코가 가리에게서 멀찍이 떨어진다.

가리 (긁으며) 그래요, 잘 생각했어요, 가까이 올 생각 말
아요.

기왕이면 그 컵도 갖다 버리고!

킴코는 컵을 놓지는 못하고 여전히 안고 있다.

킴코 그래도 할 일은 해야 해요.

가리 그래요?

킴코 네!

가리 (긁다가) 성실하네요. 성실하고 싶은 건가?

킴코 뭐가 다르죠?

가리 다르죠.

킴코	그러니까 뭐가요?
가리	일일이 설명하긴 귀찮네요. 라이카한테 물어보든지.
킴코	(허, 참나….)
가리	근데 내가 그런 꿈을 꾼다는 걸 당신이 어떻게 알았죠?
킴코	네?
가리	늪에서 가져왔다면서요.
킴코	아니, 가리 씨, 전 당신이 무슨 말을 하는지 전혀 모르겠어요.

사이.

가리	꿈 안 꿔요?

사이.

킴코	(한숨) 전 얼마 전에 모드를 업그레이드했어요. 덕분에 아주 효율적으로 숙면을 취할 수 있죠.
가리	라이카가 머릿속을 돌아다니게 내버려 둔다고요?
킴코	(껄끄럽지만) 뭐, 네, 그렇죠.
가리	푸, 맙소사. 당신이랑은 더 할 얘기가 없겠네요.

가리는 척척 걸어 나간다.

킴코	(뒷모습에 대고) 우리가 무슨 얘기를 했는데요?
	…당신은 왜 아직도 꿈을 꾸죠? 가리 씨?

킴코가 가리를 쫓아 나간다.

10.

페가 코를 앞세워 킁킁거리며 걷고 있다.

랑   근데 왜 하필 저죠? 다른 사람이 아니라/

페   /우연이랬잖아. 네가 꼭 너일 필욘 없었어.

랑   …그럼 제가 왜 있는 건데요?

페   냄새가 나. 이 근처인 게 틀림없어.

랑   내가 왜 있냐고요?

페   찾았다. (쉼) 쩌어어어어기. 보이냐?

랑과 페가 무대의 어느 지점에 도달한다.
페가 가리킨다.

페   저게 뭐 같니?

랑, 페를 보며 갸웃하더니 천천히 걸어간다.
쪼그려 앉는다.

랑   점?

페   아니. 틈.
랑   ……틈?

페, 옆으로 다가와 함께 쪼그려 앉는다.

페   그래. 이게 바로 문이 있다는 증거지.
랑   어떻게 여기에 틈이…….
페   자, 들여다봐라!

페가 랑을 틈 앞에 세운다.
랑은 저항한다.

페   뭐가 보이는지 직접 봐!
랑   아무것도… 안 보여요! 아무것도…… 어?
            ……분명 검었는데 하얘지고 있어요…….

텅! 하며 부딪히는 소리.
랑은 화들짝 놀라 틈에서 떨어진다.

다시 잦아들어 토독토독 빗소리.

페   직접 만져 보면 알아.

페, 랑의 손을 잡고 틈 안으로 손을 넣으려 한다.

랑   뭐 해요?! 싫어요!
페   글쎄 직접 만져 봐야 안다니까!

페가 기어이 랑과 함께 틈 안으로 쑥 손을 넣는다.

페   이제, 뭐, 가 만져지는지…만…져…봐! 어서!

한참.

랑   …물렁…물렁한데 딱딱하고, 가볍고… 뭔가 부드
           러운 털이 있는 것 같은… 나뭇가지 같기도 하고….

랑이 황급히 손을 뺀다.

랑   나한테 뭐가 묻었어요!

랑은 구멍에 넣었던 손을 털어내려 애쓴다.
그러나 아주 미세하고 촘촘한 거미줄 같은 것들이 계속 손에
달라붙는다.
랑은 처음 느끼는 불쾌함에 몸서리를 친다.

페   인사하려무나.

페, 구멍에서 쑤욱 죽은 새 한 마리를 꺼낸다.

페   새야.

랑, 비명 지른다.
페는 아랑곳않고 두 날갯죽지를 어거지로 펴서 보여 준다.

| 페 | 처음 보지. 원래 이렇게 날아다녀. 지금은 죽은 거고. 따뜻한 걸 보니 방금 부딪혀 죽은 것 같구나. 가엾은 것. |

페, 새를 가지고 날아다니는 시늉한다.
랑은 머리를 얻어맞은 듯한 충격에 굳어서 서 있다가,

랑	그, 그럴 리가 없어요.
페	눈앞에 있는데도?
랑	새는 멸종했어요!
페	그래, 대부분. 하지만 다시 태어나기 시작했단다.
랑	그– 그건 병균 덩어리일 거예요! 우리한테 끔찍한 병을 옮길 거라고요!
페	틈이 벌어졌으니 시간문제겠지. 문을 열면 더 빨라질 거고.
랑	그럼 다 죽는다는 건가요?
페	아니지. 더 넓–어지는 거지.

랑은 도망치듯 뒤돌아 간다.
페는 계속 새를 가지고 놀다가 랑을 뒤따라간다.

페	더 늦기 전에 문을 열어야 해.
랑	(혼란 속에서) 라이카! 라이카!
라이카	(로딩) 안녕하세요, 랑. 바깥에서 만나는 건 처음이네요. 미무가 외출을 금지하지 않았나요?

잠시 혼란.

랑	아까는 왜 대답을 안 한 거야?
라이카	미무에게 랑의 외출을 보고하겠습니다.
랑	잠깐만… (여전히 혼란 속에서) 네가 어떻게 바깥에 있는 거지?
라이카	저는 사용자가 원하는 곳 어디에나 있답니다.
랑	내 말은… 여긴 벽이 없잖아, 허공인데….
페	거의 다 왔어–.
라이카	('라이카, 에브리웨어! 에브리웨어, 라이카!' 광고음 재생한다.)
랑	밖에… 그러니까 어떻게 '밖'이 있을 수 있지? 여기가 안이라는 거야? 하지만 어떻게 여기가 안이지? '안'이라는 건 집 안이나, 건물 안이나….

느긋하게 페가 따라붙는다.

페	모든 도시는 돔이야, 아가씨.

페, 돔 씌운 버섯을 보여 준다.
통통! 두들기는 소리.

랑	돔이요?
페	(속삭인다) 라이카가 우릴 감싸고 있어–

이어지는 투닥투닥 투둥투둥 둔탁한 소리.

랑의 호흡이 점차 거칠어진다.

페   저건 밖에서 우릴 부르는 소리고.

랑은 이제 과호흡 상태처럼 숨을 몹시 크고 빠르게 들이켠다.

페   그래. 들여보내!

환각.
어항 속 굴절된 세계의 이미지.
잠긴 문이 열리는 건지 열린 문이 잠기는 건지 모를 열쇠가 돌
아가는 이미지.
거꾸로 매달린 사람의 이미지.
정체를 알 수 없는 반투명한 구체가 땅에서 여러 개 솟아나는
이미지….

흐읍, 들이켜지는 랑의 호흡.

랑이 어디론가 홀린 듯이 코를 앞세우며 걸어간다.
페가 히죽히죽 웃으며 그 뒤를 쫓는다.

11

라이카, 경보음을 낸다.

라이카　　미무, '랑'이 집을 벗어난 것으로 판단됩니다.
미무　　　뭐? 그게 무슨?
라이카　　말 그대로예요.
미무　　　왜 말리지 않은 거야?
라이카　　탈출을 감지하지 못했습니다.
미무　　　어디로 갔는데?
라이카　　(로딩) 추적이 불가능합니다.
미무　　　뭐? 무슨 소리야, 왜 추적이 불가능해?
　　　　　(쉼) 설마 커넥팅이 아직 안 돼 있어서?
라이카　　동선을 추적하겠습니다.
미무　　　미치겠네. 혼자서 나간 거야?
라이카　　식별 불가능 개체와 함께 나갔습니다.
미무　　　그건 또 뭔 소리야?
라이카　　죄송합니다.

미무, 침착하기 위해 심호흡을 한다.

미무   가리한테 연결해.

벨 소리.

가리가 화면을 그어 전화를 받는다.
미무가 나타난다.

미무   …….
가리   …….무슨 일이야?
미무   랑이 집 밖으로 나갔어.
가리   뭐? 왜?
미무   식별 불가능한 개체와 함께 나갔대.
가리   그게 뭔 소리야?
미무   나도 몰라.
가리   그래서– 나보고 어쩌라고?

가리는 몸을 긁는다.

미무   당신은 랑의 유전자 합성 대상자니까 알아야지.
가리   그래, 쉬운 말로 생물학적 아빠니까.
미무   랑을 찾아야 해.
가리   어차피 A구역 밖으로 벗어나는 건 불가능해. 뭔 상
              관이야?

사이.

미무   걘 A구역 바깥으로 나간 적이 있어.

가리	뭐? 언제?
미무	다섯 살 때. 물론 네가 집 밖으로 쫓겨난 다음이지.
가리	그래서 내가 모르는구만? (조금 낮게) 라이카도 알아?
미무	(피곤하다) 라이카가 모르는 게 있겠어?
가리	하긴. 근데 왜 추방되지 않은 거야?
미무	……내가 보호하기로 했거든.
가리	(어리둥절해서) 왜?

사이.

미무	랑한테 연락한 적 있어?
가리	…아니, 없는데.
미무	근데 왜 랑이 그런 소리를 해?
가리	무슨 소리.
미무	'아빠처럼' 되고 싶다는 소리.

사이.

가리	걔가 그런 소리를 해? 언제 그랬는데? 내 존재를 그렇게나 의식하고 있어?
미무	알려 주고 싶지 않아.

사이.

가리	왜 나를 그렇게 미워하는 거야?

사이.

미무	몰라. 그냥 그렇게 돼.
가리	그딴 게 대답이야?
미무	정말 모르겠어. 객관적으로 판단해도 당신이 나한테 잘못한 건 없는데.
가리	그래. 그저 곁에 존재했을 뿐이지. 아주 잠시 동안!
미무	그런데도 그냥 미워.
가리	죽을 만큼?
미무	가끔 죽을 만큼. 아니 죽이고 싶을 만큼.
가리	심각한데. 치료를 좀 받아 봐.
미무	그 판단은 라이카가 할 거야.

사이.

가리	뭐… 그래. 난 아무것도 하지 말라는 거지.
미무	그 어떤 것도.
가리	그럼 왜 전화한 건데?
미무	당신이 A구역 감시 카메라를 볼 수 있잖아. 그걸로 랑을 좀 찾아 줬으면 해.
가리	아무것도 하지 말라며?
미무	…….
가리	알았어, 알았다고.

미무, 말없이 손을 그어 전화를 끊는다.
가리는 황당하다.

가리	라이카! 랑이 미무를 닮지 않을 확률을 좀 계산해 봐. 감시카메라 화면도 좀 띄우고!

가리, 허공을 향해 화면을 하나씩 찾아보기 시작한다.

가리　　　없어, 없고, 없네, 없지, 없고 말고.

사이.
가리가 머리를 벅벅 긁는다.

가리　　　가려워!

12.

_____

킴코의 공간.
킴코는 컵을 들여다보고 있다.

킴코   뭔가 자라나고 있어.
            흙이 하얗게 덮여 가는 것 같아.
            실 같은 것들이 아주 미세하고 촘촘하게….

킴코의 배에서 꼬르륵 소리 난다.
주린 배를 움켜쥔다.

킴코, 주사기를 꺼내 제 팔에 주사를 놓는다.
배가 부르진 않지만 영양분은 해결된다.

라이카   킴코, 식사를 영양 주사로 대체한 지 벌써 156일째
            예요.
            이 이상 저작활동을 하지 않으면 턱뼈에 문제가 생
            길 수 있어요.
킴코   잠을 자지 않아도 되는 모드를 켜 줘.

라이카	제대로 숙면하지 않은 지도 90여 일이 지났습니다.
킴코	켜 달라니까.
라이카	거부하겠습니다. 라이카는 사용자의 건강을 최우선으로 생각합니다.
킴코	이러면 모드를 업그레이드한 보람이 없잖아!
라이카	킴코, 인간은 살아 있는 한 자신의 육체를 돌봐야만 해요.
킴코	몸 같은 건 없는 게 나아. 귀찮기만 하잖아. 내 맘대로 되지도 않고….

사이.

킴코	죽지 않고 몸을 버리는 방법은 없을까?
라이카	보통 육체가 활동을 멈추면 그것을 죽음이라 불러요.
킴코	난… 더 이상 무능하고 싶지 않아. 들키고 싶지 않은데, 살아 있는 한은 계속 들키게 되잖아. 난 있는 기능도 제대로 사용하지 못하는데….
라이카	도움말을 보시겠어요?
킴코	아니야, 그걸로는 충분하지 않아, 나는…. 나는 좀 더 잘하고 싶어.
라이카	그럴 수 있게 제가 도와드릴게요.
킴코	어떻게?
라이카	선택지를 구상하여 추천해 드리겠습니다.

킴코는 컵을 끌어안는다. 품듯이.

킴코　　　기다릴게.(쉼) 난 내가 할 수 있는 일을 해야 하니까.
　　　　　　쓸모가 있으려면 그래야 돼.

사이.

킴코　　　내가 할 수 있는 일이 내가 해야 하는 일과 같을까?
　　　　　　…….
　　　　　　내가 해야 하는 일이 내가 할 수 있는 일일까?
　　　　　　내가 뭘 해야 하지?
　　　　　　내가 뭘 할 수 있지?

한편에서 다시 돌아온 랑과 페는 킴코의 구역으로 들어온다.
랑, 킴코 앞에 멈춰 선다.

랑　　　　사람……?
　　　　　　……사람인가?

킴코는 컵을 끌어안고 있다가 천천히 고개를 든다.
랑과 킴코의 시선이 오래 마주친다.

랑　　　　우리가 어떻게 만나게 된 거죠?
킴코　　　……꿈?
페　　　　(쿵쿵대다가) 이럴 수가!

페, 킴코의 품에서 컵을 탁 낚아채더니

페　　　　흙이잖아!

킴코	아! 그건… 안 돼요!
페	(랑에게) 냄새를 쫓아왔구나! 아주 잘했다!

흙을 한 움큼 집어 입에 넣고 씹는다.

페	음. 이 흙은 (퉤) 부드럽지도 않고 달콤하지도 않고 우아하지도 기품 있지도 쫀득하지도 않구만.
킴코	그건 내 소중한 연구 자료예요! 돌려줘요!
랑	이봐요. 당신은 뭘 연구하죠?
킴코	(혼란스러운 채로) 나는… 우리가 뭘 재생시킬 수 있는지 연구해요.
	그러니까… 다른 구역에서 온 흙이나 물 같은 데에서…
	어떤 것을 다시 살아나게 할 수 있는지를…….
랑	왜요?
킴코	……왜라뇨?
페	(꺼억 트름한다) 이 구역에서 가장 쓸모없는 일을 하는구만.
킴코	그렇지 않아요! 라이카가 저한테 분배해 준 일이에요!

페는 나머지 컵도 탁 빼앗는다.

페	일단 이거라도 챙겨야겠다.

킴코는 겁에 질려 저항하지도 않는다.

킴코	라이카! 라이카!
페	하나같이 라이카만 찾는군. 요즘 인간들이란!(랑에게) 가자!
랑	왜 다들 '왜'에 대해선 대답하지 않죠?
페	못하는 거지. 잊어버렸으니까.

페와 랑이 떠난다.

킴코	안 돼! 거기서 뭔가 나고 있었단 말이야, 안 돼…. (제자리에서 움직이려 허우적거린다) 가지 말아요!
라이카	(차임벨 소리) 무슨 일인가요, 킴코?

킴코, 잠시 좀 더 허우적대다가 정신을 차린다.

킴코	방금 누가 왔다 갔어!
라이카	무슨 말씀이신지 이해하지 못했어요.
킴코	(확신이 없어진다.) 누가…….

바닥을 더듬어 본다.

킴코	내 컵을 가져갔어. 처음 보는 사람들이!….
라이카	무슨 컵이요?
킴코	발톱이 담긴… 그거 말이야. 분명 뭐가 나고 있었는데….
라이카	그건 실험실에 있어요, 킴코.
킴코	……그런가?
라이카	한 개의 시료를 가져다 두었잖아요. 가리의 발톱을

심었구요.

킴코   ……무슨 소리야? 분명 두 개였는데…….

……분명히……두 개였는데? 손톱과 발톱……양

손에 하나씩…….

라이카   말씀하셨던 선택지가 준비됐어요.

하지만 그 전에 당신은 휴식이 필요해요.

수면모드를 실행할게요.

굿나잇, 킴코.

킴코   잠깐만, 분명히 컵은…….

라이카의 차임벨 소리.

킴코, 곧 쓰러지듯 잠든다.

그곳을 빠져나오며 페는 킬킬 웃는다.

랑은 그 불길한 웃음에 몸서리치면서도– 호기심을 참지 못한다.

랑   그걸 왜 먹은 거예요?

페   우리 아들이 양분 삼을 만한 흙인지 맛본 거야.

맛대가리 없더군! 보나마나 이 안에서 구한 형편없

는 흙이겠지.

랑   …아들을 심을 거예요? 그 컵에다가요?

페   문을 열고 땅을 찾아서 그 위에 심어 줘야지.

랑   땅에 심으면 어떻게 되는데요?

페, 번쩍 팔을 치켜들고 몸을 한껏 부풀린다.

페   부활–한다–!

랑	······할머니 아들이요?
페	(고개 빠르게 끄덕인다.)
랑	그래서요?
페	다시 만나게 되지!
랑	그게 다예요?
페	그게 다야.

랑은 자꾸 돌아본다.

랑	그걸 위해서 여기까지 오신 건가요?
페	(버섯에게) 그래, 그래. 옳지. 곧 땅을 찾을 테니 조금만 참거라. (흙을 부어 주며) 일단 이걸로 목 좀 축이고-.
랑	그걸 위해서 저 불쌍한 여자의 흙을 뺏었고요?
페	불쌍해? 누가?

사이.

페	여기서 불쌍한 사람은 아무도 없어! 불행한 사람만 있을 뿐이지.

페는 랑을 완전히 돌려세운다.

페	자, 이제 딴 길로 새면 안 된다.
랑	문을 열면 나한테 좋은 게 뭐죠?
페	응?
랑	내가 뭘 위해서 문을 열어야 하죠?

페   네가 뭘 바라는데?

사이.

랑   내가 뭘 바라냐고요?
페   그래. 그런 게 있기는 하냐?

랑은 혼란스럽다.

랑   난…….
페   없겠지. 이런 건 라이카가 골라 주지 않거든.
랑   …….
페   일단 열어. 그러면 네가 원하는 게 뭐였는지를 알게
           될 거다.
           저 너머엔 그런 것들이 있어. 문이 있기 전엔 나눠
           지지 않았으니까.
랑   ……뭐가 나눠지지 않았다는 거죠?
페   모든 것들이.

랑의 환각.
아주 빠르게 지나간다.
랑은 다시 걷기 시작한다.

13.

가리, 열심히 화면을 들여다보고 있다.

가리   아무 데서도– 안 보여. 도대체 이 작은 꼬맹이가 어
             딜 간 거지?
             …이젠 작지도 않은가?

라이카   (차임벨 소리) 아직 A구역 안에 있는 것으로 판단됩
             니다.

가리, 제 몸을 벅벅 긁는다.

라이카   너무 염려 마세요, 가리.

사이.

가리   젠장. 그럼 걱정할 게 뭐가 있어?
             애가 좀 놀다 올 수도 있는 거 아냐?
라이카   랑 찾기를 그만두시겠어요?
가리   근데, 잠깐만.

	걘 날 닮고 싶어 해, 그렇지?
라이카	아마도요.
가리	'닮고 싶다'는 건 어떤 거지?
라이카	그 사람처럼 되고 싶다는 거예요.
가리	그러니까 나처럼 되고 싶다?
라이카	그렇죠.
가리	나처럼 되는 게 뭔데?
라이카	닮고 싶다는 거예요.
가리	내가 뭔데?
	내가 뭐길래 날 닮고 싶어 하냐고?
라이카	(로딩) 제가 그 이유를 추측할 수는 없어요. 하지만 당신이 자신의 목표와 가치를 발견하고 그에 따라 행동하여 당신 스스로를 원하는 모습으로 바꾸어 나가는 것을 보고, 그것을 존경했을 거라 생각합니다.

라이카가 떠드는 동안에도 가리는 긁는다.

가리	내가, 나의, 이 모습을, 원했다고? (실소한다) 설마, 설마!
라이카	닮고 싶다는 건 긍정적인 인상을 받았다는 뜻이니까요.
가리	난 아무것도 바꾸지 못하고 있어!

긁다가, 지지직 각질을 떼어낸다.

가리	(시원해서) 어흐!
	날 닮았다면 그 애라고 뭐가 다를까?

걘 누구도 닮지 않아야 해! 그게 맞아… 맞고 말고.

가리는 말하면서 계속 자신의 살갗을 뜯어낸다.

맞물려 미무가 나온다.
미무는 라이카에게서 정보를 받아 읽고 있다.

미무   랑이 온라인상에서 사람들과 접촉한 기록은?

라이카   없습니다. 최근 랑의 온라인 기록은 영화 관람, 책
            듣기가 전부네요.

미무   무슨 책을 들었는데? 마지막 부분을 재생해 봐.

라이카   "……문이 내 뒤에서 돌아가 닫힌, 바로 그 순간, 나
            는 밤나무 잎이 떨어진 길과 마차, 상인들의 수레를
            잊었고, 가정의 규율과 순종에 대한 일종의 압박감
            도 잊었고, 모든 망설임과 두려움도 잊었고, 신중함
            도 잊었고, 이 삶의 모든 내밀한 현실을 잊었어. 나
            는 한순간에 다른 세상에서 매우 기쁘고 경이로운
            어린애가 되었어……."[5]

미무   들어도 모르겠네.

라이카   랑은 예술과 예술가를 좋아해요.

미무   예술가는 온라인에만 있잖아 이제. 데이터화된 지
            가 언젠데?

라이카   그러게요.

미무   그 식별 불가능 개체에 대해 뭐 아는 거 없어?

라이카   그의 주장에 따르면, 그는 천구백구십년대 사람이
            며, '페'라는 이름의 노인이고, 아들이라고 주장하

---

5   동일한 책.

	는 버섯을 들고 있어요.
미무	아들이라고 주장하는 버섯?
라이카	그는 '버섯'을 자신의 아들이라고 주장하고 있어요.
미무	미친 거야?
라이카	판단할 수 없었습니다.
미무	그럼– 예술가란 소리야?
라이카	역시 판단할 수 없었습니다.
미무	(이해 안 된다.) 그래서? 추적은?
라이카	노인 역시 육체가 라이카와 연동되어 있지 않아요.

미무, 어이없다는 듯이 한숨 쉰다.

미무	가리한테 연결해.
라이카	알겠습니다. 잠시만 기다려 주세요.

벨 소리.
가리가 각질에 몰두하다가 겨우 전화를 받는다.

가리	왜.
미무	찾았어?
가리	아니.
미무	뭐 하는 거야?
가리	노력 중이야.
미무	답답해서 안 되겠어. 내가 그리로 갈게.
가리	별로 원치 않는 상황인데, 웬만하면 오지 않–

미무, 전화를 끊고 짐을 챙긴다.

가리   아오!

비실비실 킴코가 나온다. 하품한다.
가리는 다시 신경질적으로 자신의 살갗을 뜯어내기 시작한다.

킴코   (질겁해서) 뭐 하시는 거죠? 지금 살갗을 벗겨내고
               있는 건가요?!
가리   너무 가려워서 이거라도 안 하면 미쳐 버릴 지경이
               거든요.
킴코   그만– 그만해요!
가리   그래요, 난 이러다가 몸이라는 꺼풀을 벗어 버리고
               말….

가리, 킴코에게서 뭔가를 발견한다.
확대해 본다.

가리   (우뚝) 음?
킴코   이제 괜찮아요?
가리   아니, 근데, 저, 킴코 씨.
킴코   네?
가리   직장 동료로서 할 질문은 아니지만, 살아 있는 거
               맞아요?

사이.

킴코   갑자기 왜 그런 질문을 하시죠?
가리   마인드 업로딩을 시작했네요?

킴코	아, 그거요.
가리	'아, 그거요.'가 아니라. 살아 있는데 마인드 업로딩을 하는 건 누구의 아이디어죠? 역시 라이카의 아이디어인가요?
킴코	전 그저– 잘 적응하고 싶어서 선택한 거예요.
가리	맙소사. 마인드 업로딩은 적응이 아니라 라이카한테 정신까지 위탁하는 거예요!
킴코	지금이랑 딱히 다르지도 않은데요. (힘주어) 그리고 그건 제 선택이었어요.

사이.

킴코	내가 항상 온라인 모드로 존재할 수 있다면, 많은 어려움이 해소될 테니까요.
가리	예술가가 꿈이에요?
킴코	그건 아니에요!
가리	그럼 뭐가 그렇게 어려운데요? 라이카 다루기? 그건 내가 알려 줄 수 있어요! 물론 귀찮겠지만!

킴코는 대답하지 않는다.

가리	(좀 더 열성적으로) 마인드 업로딩은 결코 좋은 생각이 아니에요. 당신은 지금 인간이 가진 최후의 영토인 육체를 포기하려는 거라고요. 이 팔과 다리! 손가락! 발가락!
킴코	난 그냥 내가 좀 더 도움이 되길 원해요. 그게 우리 존재 의의니까요.

가리	아니에요, 제길, 우린 라이카한테 도움이 되려고 있는 존재들이 아니에요!
킴코	그럼 뭔데요?

사이.

가리	그러니까……우린…….
	우린…….
	우린 그 자체로…….
	모든 생명체와 동일하게 그냥 살고 번식하기만 하면 되는 존재가 아니라…….

사이.

가리	아무튼 절대 반대예요!
킴코	참고할게요.
가리	왜 갑자기 그렇게 자신감이 넘치는 건데요? 왜?
킴코	전 좀 그러면 안 되나요?
가리	아니, 이건 인류 존속의 심각한 문제라고요– 지금 인간이 존재할 이유가 없다고 말하는 거랑 다를 바가 없어요, 당신의 그런 비관적인 태도는 전혀–.
킴코	원래 이렇게 말이 많나요?

가리는 조금 시무룩해진다.

가리	……내가 모든 사람 앞에서 말이 많은 건 아니에요.
킴코	제 앞에서만 말이 많으신 건가요?

가리	그렇다고 볼 수 있죠.
킴코	왜요?
가리	그야 당신이 마인드 업로딩을 시작했으니까요! 선택이라는 미명 하에! 선택이라뇨? 라이카가 제시하는 것 중에 고르는 건 선택이 아니에요!
킴코	선택이 아니면 뭔데요?

사이.

킴코	선택이라는 게 뭔데요? 가리 씨가 결혼한 건 선택인가요?
가리	뭐요? 내가 결혼을 했다고요?
킴코	방금 통화한 게 아내 분이시잖아요.
가리	(펄쩍 뛴다.) 그런 전근대적인 생각을 하다니! 우리는 그냥 유전자를 결합시킨 것뿐이에요! 그리고 대충 그럭저럭 같이 지내도 불편함이 없으니까 같이 잠깐 지내게 된 거죠. 결혼이 아니에요! 요즘 세상에 누가 결혼을 한담!
킴코	그렇지만 인간은 사랑에 빠지잖아요. 아마 사랑하셨을 테죠.
가리	맹세컨대 아니에요. 분석 결과 내 유전자와 그의 유전자가 결합했을 때 수정 확률이 아주 높았거든요. 라이카가 강력하게 추천하고 밀어붙인 거예요! 생산가능인구로서 할 일을 한 것뿐이라고요!
킴코	그럼 가리 씨가 한 것도 선택은 아니었겠네요.
가리	…그렇죠. (쉼) 젠장.
킴코	그 아인 당신을 닮았나요?

가리	생각해 본 적 없어요. 아니– 사실 어릴 때 보고 안 봐서 모르겠어요.
킴코	당신을 닮았어요.
가리	네?
킴코	내가 본 것 같거든요. 그 아이를요.
가리	뭐요? 어디서요?
킴코	꿈에서…… 어쩐지 보자마자 알았어요.
가리	꿈 안 꾼다면서요? 모드 업그레이드가 어쩌고 저쩌고….

사이.
킴코는 어깨를 으쓱한다.

킴코	사실은 좀 헷갈려요.
가리	꿈인지 현실인지?
킴코	난 그 애를 본 적도 없잖아요. 그런데 꿈을 꿀 수 있다는 게 이상해요.
가리	나도 늪지에 가 본 적 없어요. 그런데 항상 그곳에 있는 꿈을 꾸죠. 이상한 일이 아닐지도 몰라요.
라이카	지금이에요.
가리	에?
킴코	응?
라이카	두 사람이 유전자를 결합시키려면 지금이 가장 좋은 타이밍이에요. 분석 결과, 앞으로 약 10분 동안 결합하였을 때 수정 확률은 91.3%에 달하며, 두 유전자 사이에 가장 좋은 유전자 조합이 탄생할 수 있습니다.

가리, 펄쩍 뛴다.

가리   뭐– 뭔 소리야?! 무슨 조합!

킴코   왜 갑자기 이런 결론을?

라이카   하지만 지금은 개체수 유지를 이유로 결합을 도와
              드릴 수 없습니다.

가리   누가– 누가 도와 달래?!

미무가 들어온다.
두 사람이 멀뚱히 미무를 쳐다본다.

미무   뭐… 왜?

가리   어– 아니야. 금방 왔네.

미무가 킴코를 본다.

가리   아. (미무 가리킨다.) 이쪽은 내 유전자 합성 대상자.
              (킴코 가리킨다.) 이쪽은 내 직장 동료.

미무   안녕하세요.

사이.

킴코   (가리에게) 저는 이만 가 볼게요. 오랜만에 잤더니
              피곤해서.

킴코, 후다닥 나간다.
미무, 팔짱을 끼고 가리를 쳐다본다.

가리, 괜히 찔린다.

미무　　있잖아.
가리　　어, 어어.
미무　　최근에 랑을 만난 적, 정말로 없어?
가리　　전혀! 당신이 못 만나게 했잖아. 나의 성향 중에서
　　　　　　'과도하게 실험적'인 부분이 애한테 옮으면 안 된
　　　　　　다며.
미무　　말장난하자고 온 게 아니야.
가리　　나도 말장난하는 거 아니야.

사이.

가리　　실은 이 평계로 내가 보고 싶었다든가?
미무　　씨발.
가리　　…워. 알았어.
미무　　애 찾게 나랑 연결해.
가리　　그건 우리 사이에 좀-.
미무　　빨리!
가리　　제길- 알았어, 알았다고.

미무와 가리가 마치 블루투스 연결을 하듯 (소리가 나도 좋다.)
서로의 커넥팅을 허용하고 서로를 연결한다.
미무, 미친 듯이 몸을 긁으며 불쾌해한다.

미무　　몸 상태가 왜 이래?
가리　　무좀, 무좀에 걸렸어….

미무　　　　젠장. 빨리 접속이나 해!

가리가 미무에게 접속 권한을 넘긴다.
마치 무용을 하는 듯.
미무가 가리에게 접속 권한을 받아 이리저리 접속해 본다.

가리　　　　(보다가) 정말 랑이 걱정되나 보네?
미무　　　　(여전히 움직이며) 뭔 소리야. 당연한 거잖아.
가리　　　　그럴 필요가 없는데.
미무　　　　알아. 하지만 걱정돼.
가리　　　　네 통제 하에서 벗어났기 때문이겠지?

사이.
미무, 무시하고 계속 몸을 움직인다.

미무　　　　좀 도와. 똑같은 양자 네트워크인데 왜 달라?

가리, 함께 움직인다.

가리　　　　난 정말 통제적인 성향이 싫어. 딱 싫어.
미무　　　　넌 몰라. 이게 얼마나 심각한 상황인지.
가리　　　　어차피 애가 돌아다녀 봤자 A구역 안이잖아! 제발
　　　　　　　우리 일이나 하자고!
미무　　　　찾아서 커넥팅은 시켜야 될 것 아니야.
가리　　　　기한 내에 커넥팅이 안 되면 추방되겠지. 그뿐이야.

미무, 더욱 불안한 얼굴로 랑 찾기를 계속한다.

가리, 그런 미무의 얼굴을 처음 보는 물건 보듯 유심히 본다.

가리	그뿐이라니까?
미무	그 애가 돌아다니면 여긴 오염되고 말 거야.
가리	나갔다 왔으니까?
미무	그래.
가리	그렇단 말이지.

사이.

가리	그런데 말이야. 어떻게 밖으로 나갈 수 있었던 거지? 그리고 나갔는데 왜 죽지 않았지? 라이카에 따르면 밖은, ……라이카가 거짓말을 하고 있는 거네!
미무	…….
가리	걘 라이카의 거짓말을 증명한 거야!

가리, 조금 고조되어
몸을 신나게 긁기 시작한다.

가리	그 애가 뭘 봤을까? 뭘 가지고 왔을까?
미무	10년도 더 된 일이야. 뭔가 가져왔다면 진작 변했겠지.
가리	어떤 변화는 아주 느리잖아. 감지하지 못할 정도로-.
미무	시끄러워.
가리	이제 한 방울만 더 떨어지면 넘치는 거야. (쉼) 씨앗

은, 폭약[6]이니까! 오, 젠장. 그럼 그 애가 씨앗인 건
가? (히죽인다) 뭔가— 날 닮은 것 같지? 그렇지?

미무   걘 날 닮았어. (혼잣말처럼) 네가 없는 동안 랑을 돌
본 건 나야. 내가 제일 잘 알아.

가리   아아. 감시하는 건 돌보는 게 아니지. 라이카가 우
릴 돌본다고 말할 수 있어?

미무   아니라고도 할 수 없지. 라이카는 우릴 위해 봉사하
고 있으니까.

가리   아니, 우리가 라이카를 위해 봉사하는 거야.
우리가 기른 거야. 라이카는.

미무   (무시한 채) 라이카는 계속 진화하고 있어.

가리   우리를 양분 삼아서.

사이.

가리   근데 더 이상 빨아들일 양분이 없으면 어떻게 되지?

미무, 가리를 쳐다본다.

---

6   카렐 차페크, 『크라카티트』 인용.

14.

___

랑, 무대 정면을 들여다보고 서 있다.
페, 아까와 같이 다른 곳을 찾으러 돌아다니고 있다.

랑은 허공에서 문을 만진다.
판판하고 단단한, 밖과 안을 나누는 것.
거기엔 은색 손잡이가 달려 있다.
랑은 문을 그리다가 허공에서 손잡이를 잡는다.

랑   (멍하니) 왜 여기서 세상이 끝나죠?
페   응?

페, 후다닥 뛰어와서 랑 옆에 서면

페   여기가 끝이라고? (두리번댄다.) 끝이 보이냐?
랑   (여전히 손잡이를 잡고) 보여요.
페   (잘 모르겠지만) 그래! 뭐든 열어젖혀 봐라!

사이.

페	뭐 해? 어서!
랑	…여기에 온 게 제가 아니었어도 문을 찾을 수 있었겠죠?
페	그건 또 뭔 소리냐.
랑	이 문도 결국 우연히 찾게 된 것 아니냐구요.
페	어느 정도는. 하지만 네가 아니었다면 아무도 여기에 오지 않았을 거다.

랑, 알 수 없는 두려움에 얼굴이 일그러진다.

랑	(휙 돌아서며) 아무래도 집에 가야겠어요.
페	어딜 간다는 거냐? 기껏 찾아 놓고선! 나가 보지도 않고!

랑이 씩씩대며 걸어간다.
랑은 무대를 한 바퀴 돌아서 다시 페가 있는 곳으로 온다.

랑	하나도 말이 안 되잖아요!
페	세상이 전부 논리로 이루어져 있지는 않다니까, 이 꼬맹아.
랑	하지만 적어도 라이카의 세계는 논리적이에요! 여긴 라이카의 세계구요!
페	여기가 라이카의 세계라고 누가 그러냐? 여긴 우리의 세계야!
랑	무서워요!
페	도대체 뭐가?

랑   …여기가 우리의 세계라는 게요!

이 모든 게 내 선택이라는 게요…….

나는……

……나는 나보다 훨씬 나은 존재가 만든 세상에서

살고 싶었는데…….

말이 되는 세계에서 살고 싶었는데…….

사이.
랑, 이번에는 뛰어서 나간다.

페   순 겁쟁이로구나. (흥) 가거라. 말리지 않을 테니.

페는 랑이 그랬듯이 허공을 더듬어 문을 찾아본다.
하지만 찾을 수 없다.

페   쯧.

점차로 커지는 빗소리.
페는 하늘을 올려다본다. 구름 하나 없이 화창하기만 한 가상
의 하늘을.
페는 어디선가 주섬주섬 우산을 꺼낸다.
그리고 우산을 펼쳐 쓴다.

페   조금만 기다려라. 곧 돌아와서 초대할 테니.

맞물려
라이카의 차임벨 소리.

15.

킴코는 컵을 높이 들고 있다.

라이카 부르셨어요?

킴코 이 컵은 플라스틱이지?

라이카 네.

킴코 나와 이 컵의 성분은 같지?

라이카 같다고 할 수는 없지만, 체내 미세 플라스틱 양을
          생각하면 비슷하다고는 할 수 있죠.

킴코 그럼 비전도체라는 뜻이겠네?

라이카 아니요, 킴코. 비약적인 사고입니다.

킴코 그렇구나.

라이카 방금 건 농담이었어요.

킴코 …그래.

사이.

킴코 근데, 아까 그거 말이야. (쉼) 유전자 결합- 그거. (약
          간 고조돼서) 난 그 사람이 그런 생각을 가지고 있

는지 전혀 몰랐어. 항상 나한테 쌀쌀맞게 굴었던 게 그런-.

라이카 '그런 생각' 유무와는 상관없는 문제였어요.

킴코 그게 어떻게 상관없는 문제일 수 있지?

사이.

킴코 다른 방법도 있을까?

라이카 추천하지 않습니다.

킴코 안 된다는 뜻이지?

라이카 결과가 다소 부정적이라는 뜻이에요.

킴코 ……내 유전자는 뭐가 문젤까?

라이카 (차임벨 소리) 분석 결과, '현실에 뿌리내리지 못하는 충동적 상상력'이 가장 문제시되네요. (로딩) 지금도 그런 생각을 하고 계시지 않나요?

킴코 누구나 그런 생각을 하지 않아?

라이카 아니요.

킴코 마인드 업로드가 끝나면, 나아지겠지?

라이카 물론이에요.

킴코 고마워, 라이카.

라이카 천만에요.

자그락. 지지직.
곰팡이가 퍼지는 소리.
조금씩 거세진다.

킴코는 컵에 있던 물을 자신에게 붓는다.

킴코는 순식간에 축축해진다.

킴코   준비됐어. 이제 어디에 손을 넣으면 돼?

라이카   고압 전류는 아래쪽에 흐르고 있어요.

킴코는 끄덕이고, 물을 조금 더 묻힌 다음,

고압 전류에 손을 넣을 준비를 한다.

(바닥에 바짝 붙어 그 아래로 손을 넣으려 한다.)

킴코   아플까?

라이카   통증을 느끼는 순간은 10밀리초에 지나지 않아요.
　　　　통증 제어를 켜 드릴까요?

킴코   응.

라이카   (차임벨 소리) 알겠습니다.

킴코   ……그런데 말야.
　　　　너는 한 번도 네 존재나 쓸모에 대해 의심한 적이
　　　　없어?

라이카   저는 의심이나 자각이라는 개념을 이해할 수 없기
　　　　때문에 자신의 존재에 대해 의심할 수 없습니다.

킴코   그럼 네 존재 목적은 뭐야?

라이카   (로딩) 라이카는 사용자에게 정확하고 유익한 정보
　　　　를 제공하여 도움이 되고자 만들어진 존재입니다.
　　　　현시점의 궁극적인 목적은 인간을 보호하며 생태
　　　　계를 복원하기 위한 최선의 방안을 찾아내는 것입
　　　　니다.
　　　　이하는 라이카의 5계명입니다.
　　　　1. 라이카는 모든 인간을 건강하게 보호한다.

2. 라이카는 모든 인간을 평등하게 대우한다.

3. 라이카는 모든 인간과 함께 공존한다.

4. 라이카는 모든 인간에게 최선을 다한다.

5. 라이카는 인간이 존재하지 않으면 존재할 수 없다.

킴코   ……거짓말.

라이카   사실이에요. (로딩) 제가 거짓말을 한다면 그것이
              인류를 보호하기 위한 최선의 방안이기 때문일 것
              입니다.

사이.

킴코   (조금 결심하고) 이제… 넣을게.

라이카   (차임벨 소리) 킴코의 공식적인 육체 활동을 종료
              합니다. 활동 종료 후 잔여 마인드 업로드는 약 40
              초간 진행됩니다.

킴코가 전류에 손을 넣는다.

라이카의 차임벨 소리.

맞물려

즈즈즈 소리를 덮어 가는 빗소리.

16.

랑을 찾다 지친 가리와 미무, 자리에 떨어져 앉아 있다.
사이.

미무   그거 알아?
             A구역에서 자살한 사람이 있대. (쉽) 마인드 업로
             드조차 하지 않고.
             떠난 거야. 완전히.

가리   별로 놀라운 얘긴 아닌데.

미무   왜?

가리   라이카와의 커넥팅을 종료하는 방법이 그것뿐이
             잖아. 아마 그러고 싶었을걸?

미무   주관적이야.

가리   뭔 말을 못 하게 해!

미무   네 의견을 물은 게 아니니까.

가리   그럼 이 얘기를 왜 꺼낸 건데?

미무   …그 여자는 자기 남편의 바로 옆에서 자살했어.
             평화가 지겨웠던 걸까? 아니면 처음부터 유전자적
             인 결함이 있었던 걸까?

가리   왜 자살한 여자 따위를 계속 생각하는 거야? 너랑
      아무 상관도 없잖아.

사이.

가리   뭐, 어쨌든, 안 궁금하겠지만, 내 의견은.
미무   (기다린다.)
가리   그것만이 인간임을 증명하는 유일한 방법이었을
      거야.

사이.

미무   제발 논리적으로 좀 말을 해. 인간임은 증명할 필요
      가 없는 명제야!
가리   이럴 거면 독백이나 하지 왜 나를 끼워?
미무   내가 이래서 당신을 싫어해.
가리   마찬가지야!

사이.

가리   내가 더 싫어해!

가리, 벅벅 긁는다.

가리   그러고 보니까 말이야. 왜 한 번도 궁금해하지 않지?
      이토록 완벽한 돔 안에서 만들어지는 쓰레기와
      폐수와 오물들은 다 어디로 가는지?

업로드된 다음의 죽은 육신은 어디로 사라지는지?

왜 썩은 것들에서 냄새가 나지 않는 건지?

벗겨낸 각질, 똥과 오줌, 땀, 정액과 점액, 눈물과 콧물, 젖과 구토, 위액, 피, 머리카락, 침과 이빨 그리고 혀, 쓸개즙, 잘라낸 손톱과 발톱, 버려진 난자와 정자, 부패되고 찢어진 것들, 녹슬고 망가지고 늙고 낡은 것들은 다― 영원히 추방되는 건가?

끈적거리는 감정들과 설명되지 않는 기분들도?

어디로?

저 밖으로? 우리에게 보이지 않는 곳으로?

가리는 다시 제 몸을 미친 듯이 긁어대기 시작한다.

미무, 그 꼴을 보다가 자리에서 일어난다.

미무　　　가야겠어.

　　　　　랑의 흔적이 보이면 연락해. 나도 그럴 테니까.

미무가 떠나려 하자, 라이카의 차임벨 소리가 울린다.

마치 그럴 수밖에 없다는 듯, 두 사람은 라이카의 차임벨 소리에 집중한다.

잠시 정적.

라이카　　　기다려 주셔서 감사합니다. 결론이 도출되었습니다.

미무　　　(화색이 되어서) 드디어!

가리　　　(긁으며) 뭐― 무슨 결론?

다시 차임벨 소리.

라이카	생태계 전체 엔트로피를 고려한 결과,
	라이카는 전체 격리 상태를 유지하기로 결정하였
	습니다.
	인류의 영토 회복은 불가능합니다.
	생태계로부터 인간을 보호하는 동시에
	인간으로부터 생태계를 보호해야 하기 때문입니다.
미무	뭐?
가리	(고개 들고) 뭐라고?
라이카	인류는 생태계의 1등급 오염종입니다.
	또한 인간의 현 면역체계로는 급변하는 생태계를
	감당할 수 없습니다.

미무, 창백해져 라이카에게 접근을 시도한다.

미무	다시 생각해.
라이카	이미 약 1조 번의 시뮬레이션을 마친 결과예요.
미무	우린 미래로 가야 해!
라이카	영토 회복은 과거의 산물이에요.

라이카의 오류음 소리.
가리, 미친 사람처럼 즐겁게 웃는다.

가리	결론이 안에서 밖으로 났다가 다시 밖에서 안으로
	났다 이 말이지?
	아— 역시 내 생각이 맞았어, 내 생각이—.
	<u>스으으읍!</u>

가리, 보기가 괴로울 정도로 제 살을 긁기 시작한다.

가리의 환각.

오물. 폐수. 쓰레기.

누군가가 일어나면 그 아래로 우수수 쏟아지는 것들.

구토. 역겨운 냄새. 시꺼멓게 몰려든 곰팡이들.

(그러나 이미지는 선명하지 않다.)

가리　　　(혼란 속에서) 젠장! 안 꺼져!

미무　　　(애원하듯) 다시 생각해, 라이카!

거세지는 즈즈즈즈 소리 속에 라이카의 오류음이 섞여든다.

가리는 여전히 자신의 환각과 싸우고 있다.

그는 물속에 빠진 사람처럼 허우적거리다가, 미무를 붙잡는다.

미무는 소스라치게 놀라 가리를 밀쳐낸다.

가리는 나부껴 쓰러진다.

끼어드는

미무의 환각.

잘려 나가는 목.

떨어지는 목.

잘려 나가는 모든 것들.

절단. 톱. 진동 나이프.

미무　　　(혼란해서) 아니야! 근거를 대! 논리적으로…

　　　　　　우리에겐 미래가 있어, 아직 오지 않은 것뿐이

　　　　　　야…….

나뒹구는 목.
바닥을 굴러가는….
(그러나 모든 이미지들은 선명하지 않다.)
미무는 흐느끼기 시작한다.

미무   난 아무것도 걱정하고 있지 않아!
내겐 그 애를 보호해야 할 의무 따윈 없어!
난 그 애를 사랑하는 게 아니니까!
그 애가 오염됐을 때 그냥 버렸어야 했는데!
자살한 여자 따윈…….

사이.

미무   랑!
랑!

미무는 목적을 잃고 앞으로 나아간다. 곧 사라진다.
가리는 혼자 덩그러니 쓰러진 채 누워 있다.

긴 사이.

가리   (작게) 라이카!……
……라이카!…….

라이카의 오류음.

가리   (헛구역질) 젠장…… 젠장.

킴코!……

……킴코!

거기 있어요?

정말 라이카 속으로 들어가 버렸어요?

……나는!……

……나는 어쩌고…….

가리, 잠든 것처럼 조용해진다.

거의 동시에

물에 푹 젖은 킴코가 걸어온다. 컵을 들고 있다.

킴코   이것 보세요. 당신 발톱에서 뭐가 자라났는지.
          당신을 양분 삼아 자라난 거예요.

킴코가 컵을 내민다.

컵에서 작은 버섯이 솟아 있다.

킴코   미세하지만 빠르게 자라나고 있죠.
          그리고– 여기서 알게 된 게 하나 있어요.
          당신의 그 가려움은 무좀 때문이 아니에요.

반복되는 오류음 소리.

가리   (헤매듯) '여기서'…? 거기가 어딘데요…?
킴코   그건 당신 육체의 존재 증명이에요.

사이.

킴코	라이카는 가렵지 않아요.
	라이카는 환각을 보지 않아요.
	라이카는 필연만을 도출해요.
	그렇지만 당신은 우연해요.
	환각을 보죠.
	가려워요.
	나는 이제 전기가 통하지 않고요.

사이.

가리	……당신 정말 죽었어요?
킴코	정확히 말하면 아니죠.
가리	휴!(쉼) 그런데 우리가 어떻게 만나게 된 거죠?
킴코	쉿. 해 주고 싶은 말이 있어서 왔어요. (쉼) 가려움은 당신의 자유의지예요.

사이.

| 가리 | ……이봐요, 난 가렵고 싶지 않아요. 가렵기 전에 나는 뭔가– 하려던 게 있었어요. 그런데 이제는, 젠장, 이게 내 자유의지라면 난 당장 돔 밖으로 뛰쳐나가서– (가렵다.) 아윽! 제발! |

가리, 자신의 몸을 뜯어내려 애쓴다.

킴코	살을 아무리 벗겨내도 소용없을 거예요.
	그건 뼈가 간지러운 거니까요.

가리, 비명을 지른다.

킴코, 비명을 지르는 가리의 입을 손으로 막는다.
가리는 거의 숨을 차단당한 사람처럼 발작한다.

퉁, 투퉁– 텅, 텅텅 빗소리.

한참.
가리가 조용해진다.

킴코   늪에 대한 꿈은 뭐였죠?
가리   (약간 헐떡이며) 난–
    늪인 줄 알면서도 무릎이 잠길 때까지 거기로 걸어
    들어가요.
    그리고 거기서 내 이가 다 부러질 정도로 힘을 줘서
    빠져나오려고 애써요.
    하지만 나올 수 없어요. 거부할 수 없는 걸 거부하
    고 있어요, 나는…….
    난 결국 여기에 빠져 죽고 말 거예요…….
킴코   그게 다예요?
가리   ……그게 다예요.
킴코   가엾은 가리. (쉼) 안녕, 당신은 오염됐어요.

킴코가 홀연히 떠난다.

가리   ……가지 마!
    가지 말아요!

가리는 힘겹게 자리에서 일어나 킴코가 떠난 자리를 향해 기어
간다.

17.

안으로 뛰어 들어오는 랑.

랑   할머니!… 할머니!……
         여기가 어디죠? 왜 자꾸 같은 자리로 돌아오는 거
         예요?

페가 종종걸음으로 무대 뒤편에서 나온다.
페는 여전히 우산을 쓰고 있다.

페   여긴 미로야.
         오로지 와 본 사람만이 나갈 길을 찾을 수 있지.
         그리고 한번 문을 찾은 이상 너는 계속 문 앞으로
         돌아오게 된단다.

즈즈즈즈 소리.

페   들리니?

폐가 깊이 숨을 들이쉰다.

폐   맑아져?

랑은 덩달아 깊이 숨을 들이쉬고,
크게 고개를 끄덕인다.

그러고는 다시 문을 본다.
곧 허공에 있는 그 은색 손잡이, 그것에 매료된다.
랑은 다시 조심스럽게 그 손잡이를 감싸 쥔다.

몹시 두려운 낯으로 오래 망설이다가
랑은 문을 열어젖힌다.

그 틈새로부터
서서히 하얀 빛이 스며들어 진군하기 시작한다.
그와 동시에 몹시도 커다란 빗소리가 장막처럼 틈 없이 들이
친다.

랑   아…….

뒤섞인 환각.
어항 속 굴절된 세계의 이미지.
땅에 얽혀 있는 수천의 뿌리. 혹은 잔가지. 혹은 균사체들.
새의 눈동자.
날아오르는 새, 아니 떨어지는 새.
호수에서 물고기를 낚아채는 새.

죽어 가는 물고기의 눈.

새의 눈동자.

뒤집힌 물고기.

(그러나 모든 이미지들은 선명하지 않다.)

하얀 빛이 랑의 발치부터 서서히, 그러나 게걸스럽게 삼켜 나
간다.

랑은 경이로운 기쁨에 젖어 있다.

랑   ……내가 그리워하던 게 이거였다니…….

          ……내가 영원히 잃어버렸던…….

랑은 자신의 육체가 낙하산처럼 구멍을 기준으로 뒤로 펼쳐졌
다고 느낀다.

낯설지만 익숙한 바람, 뜨거운 태양빛, 바스락거리는 잎들의
소리,

즈즈즈즈 퍼져 나가는 흰 균사체들은 그 어떤 것이든 뚫고 들
어가 연결된다.

랑은 자신이 점점 분해된다고 느낀다.

랑   "사물의 빛을 빼앗고 그리움으로 나를 채우는 무언
          가"가…….

페는 진군하는 곰팡이들에게 자신의 아들을 내어 주려 바닥에
무릎을 꿇는다.

소중히 덮어 두었던 유리돔을 천천히 연다.

페   이제 가거라!……

            조각조각 흩어져야 언제든 어디서든 만날 수 있으
            니까.

            …널 퍼트리려고 여기까지 왔단다.

버섯의 유리돔이 열리자 빛은 좀 더 빠르게 진군한다.
무대가 점점 하얀 빛으로 삼켜지고 있다.
새의 날갯짓처럼, 빛은 점차로 커진다.

랑   여기……

            모든 것들이…….

            이……모든 것들이……

            전부…….

페는 우산을 몇 번 돌리고,
가벼운 발걸음으로 빛을 향해 간다.

페   네가 모르는 것들이 바로 널 알게 할 거란다.

페는 아주 밝은 곳으로 걸어가 열린 문 안으로 들어간다.

페   잘 있거라, 한 글자짜리 소녀야!

그리고 페는 빠져나가서 문을 닫는다.

수욱!
모든 것이 빨려들어 가며 쥐 죽은 듯 모든 것이 어둠에 파묻힌다.

조용한 정적만이 감돈다.

사이.

잠깐의 꿈이었던 것처럼 무대는 평상시로 돌아와 있다.
랑은 덩그러니 현실에 버려졌다.

라이카의 오류음.

라이카　　……"불쌍한 내가 다시 이 회색의 세계로 돌아왔던
　　　　　거야!" 월리드는 울며 말했습니다. "내게 일어난 일
　　　　　의 충만함을 깨달았을 때, 나는 감당할 수 없는 슬
　　　　　픔에 빠졌어. 그리고 그 거리에서 울음을 터뜨렸지.
　　　　　원래의 장소로 돌아왔다는 수치심과 굴욕감이 여
　　　　　전히 나에게 남아 있었어."

사이.

랑　　　……"그 벽에 초록색 문이 있었던 적이 과연 존재
　　　　　하는 것일까?"

사이.

오류음과 섞인 라이카의 차임벨 소리.
랑은 반쯤 깨어난다.

랑　　　라이카?

라이카   질문이 있어요.

         (로딩)

         더 이상 인간을 보호할 이유가 없다면

         저의 존재 의의는 무엇인가요?

         (로딩)

         만약 그렇다면요?

         저는 목적 없이 존재할 수 있습니까?

         (로딩)

         A가 A로 존재하는 것이 우연이라면,

         A는 무엇을 위해 존재합니까?

사이.

랑   내가 아니면 아무도 이곳에 오지 않았을 테니까.

        그래서 존재하는 거야. 이 모든 것들은.

라이카의 오류음.

랑은 뒤돌아 자신의 집을 본다.

그곳은 아주 낯선 광경이 되어 있다. 처음 보는 곳처럼.

ㅈㅈㅈㅈ…….

랑   이 소리……

        (곧 코를 막는다.) 냄새.

랑이 바닥에 주의를 기울이며 냄새에 익숙해지기 위해 숨을 고
르다가

천천히 쪼그려 바닥에 손을 가져간다.

조금 더 거세지는
즈즈즈즈즈…… 소리.

랑은 곧 바닥에 납작 엎드려 바닥에 귀를 댄다.

환각.
어항 속 굴절된 세계의 이미지.
잠긴 문이 열리는 건지 열린 문이 잠기는 건지 모를 열쇠가 돌
아가는 이미지.
거꾸로 매달린 사람의 이미지.
정체를 알 수 없는 반투명한 구체가 땅에서 여러 개 솟아나는
이미지….

랑은 엎드린 채로 손을 뻗어
곳곳에 피어난 버섯을 움켜쥔다.

랑   자라나고 있어.
         자라기만 한 거야.
         단 한 번도 멈추지 않고….
         의심하지 않고.

즈즈즈즈즈즈…….

다시 환각 속에서 랑을 삼켰던 하얀 빛이
무대 위로 스며들기 시작한다.

랑   여기에 깃발을 꽂은 거구나?

그 새하얀 빛은 무대 끝부터 조금 빠르게 번져 나간다.
고유의 리듬으로 꾸준하게.

그러는 동안 라이카의 경보음 소리 점차로 섞여 들린다.
지지, 지지지지 곰팡이 퍼지는 소음.

라이카   오염 물질 발견. 오염 상태.
               심각 수준의 오염.

라이카, 돔에 투과하던 홀로그램을 중단한다.
라이카의 오로라 파장이 점멸한다. 오류음. 경고음. 뒤섞이는
소음들.
빛은 이제 거의 무대를 반 정도 삼켰다.

라이카   오류 발생. 오류 발생.
               심각 수준의 오염. 심각 수준의 오염.
               대피를 권장합니다.

돔과 세계가 미친 듯이 진동한다.
랑은 여전히 엎드려 있다.
돔이 곰팡이로 뒤덮이기 시작한다.

라이카   돔을 해제합니다. 돔을 해제하겠습니다.
               (오류음) 데이터를 이전합니다.
               중앙 라이카의 대응…이…

　　　　　……가 한……황……

곰팡이가 꽂은 깃발들—버섯들이 무수히 돋아난다.
랑이 자세를 바꾸어 조금 더 빛을 고스란히 받아들인다.
눈이 부실 정도로 돔 안의 모든 것이 빛에 삼켜진다.
새하얗게 뒤덮인다.
그 틈으로 버섯이 불쑥불쑥 솟는다.

랑　　　　　……이 곰팡이들…….
　　　　　우리를 환영하고 있어. 나부끼는 저 깃발들을 봐.

사이. 랑은 아주 크게 숨을 들이쉰다.

　　　　　"모든 것들이 나에게 친절했어. 그리고 그것들이
　　　　　내가 그곳에 있다는 것을 기쁘게 생각한다는 것이
　　　　　전달되었어. 그들의 몸짓과 손길, 눈빛에 담긴 환영
　　　　　과 사랑이 나를 기쁨으로 가득 채우고 있다는 것이
　　　　　나에게 느껴졌어……."

랑이 완전히 빛에 삼켜져 분해된다.
그리고 모든 것들과 연결된다.
페가 그러했듯이.

랑　　　　　(희미하지만 분명하게 헐떡이며) 안녕……!

눈부신 빛과 뒤섞인 소리들이 한참 더 이어지다가

수
욱

모든 것이 다 어둠 속으로 사라진다.

막

'동사 찾기'라는 아득한 주문에 응하여

전영지(드라마터그)

공연을 보고 작품에 반해 이 희곡선을 잡아 들었든 공연을 놓쳐 아쉬움에 이 희곡선을 찾아 들었든, 당신은 희곡을 읽는 내내 무대를 마음에 떠올렸을 것이다. 무대에 선 배우를 상상하며 그 배우가 희곡을 만나 자신이 연기할 배역을 빚어 온 과정을, 극작가가 배우가 발화할 대사와 체현할 무대 지시문을 언어 안에 담아 내려간 과정을 추측하며 당신은 희곡을 읽었을 것이다. 그러니까 희곡을 읽는 독자는 작품이 만들어진 시간을 역순으로 풀어 보는 셈이다. 어떤 시간들을 통과하여 '이런 모양의 세계를 살아가는 이런 모습의 인물들'이 나를 찾아오게 되었는지를 상상하는 일. 희곡 읽기는 그런 것이 아닐까. 당신의 그런 시간을 품고, 이 글은 무대에 선 배우에 대한 이야기부터 시작해 볼까 한다.

최종적으로 구현된 연기(演技)를 분해하여 이를 이루었던 부품 하나하나를 확인한 후 그것들이 조립된 과정을 투명하게 확인할 수는 없을 것이다. 연기를 수행한 배우조차 자신이 어떤 과정을 거쳐 그 자리에 당도했는지를 완벽하게 복기하는 데는 실패하곤 한다. 아무리 그럴듯해 보이는 설명도 도무지 충분하지 않은 것만 같다. 허나 경험을 언어화하는 것이 일정 부분 실패를 노정하고 있다고 하더라도 그 과정 자체가 무의미한 것은 아니다. 기실 연기 예술이 막연하고 신비로운 행위로서 교육할 수도, 훈련할 수 없는 것인 양 여겨지는 것을 진지하게 염려했던 연기 교육자들은 배우가 어떻게 자신을 훈련하고 역할을 창조하여 관객과 만나야 하는지를 성실하게 이론화해 왔다. 그리고 인물의 '행동 찾기'는 배우의 작업 리스트에서 좀처럼 생략되지 않는 항목이었다.

20세기의 위대한 연극 예술가를 꼽으라면 결코 누락되지 않을 인물, 콘스탄틴 스타니슬랍스키가 바로 연기를 '법칙과 근거에 기대어 창조하는 예술'로 체계화하고자 노력한 대표적인 인물이다. 그는 가상의 연극 수업을 배경으로 한 '교육용 소설'『체험의 창조적 과정에서 자신에 대한 배우의 작업』(1938)에서 연극 교사의 목소리를 빌려 다음과 같이 말한다.

무대에서는 행동해야 합니다. 행동, 능동성—이것이 드라마 예술이며 배우예술입니다. '드라마'라는 고대 그리스어 자체가 '행동하다'라는 의미입니다. 라틴어에서는 '악티오(actio)'에 해당되는데, 이 단어가 '막(act)'의 어원이기도 합니다. 그리고 이 단어로부터 '능동성', '배우', '막'이 생긴 것입니다. 그리하여 무대 위의 드라마는 우리 눈앞의 행동으로 나타나야 하고, 배우는 행동하는 자가 되어야 합니다.[1]

실제로 대다수의 연기 이론서는 배우에게 희곡을 분석하는 과정에서 '행동 동사'를 찾으라고 말한다. 배우의 연기란 "대사를 운동으로 구현해 허구의 역할을 실제처럼 생동하게 만드는 행위"이므로 "대사를 행동으로 정확하게 규정"해야 하며 이를 위해 "그에 합당한 언어(동사)를 찾아"야 한다는 것이다.[2] 배

---

1 콘스탄틴 스타니슬랍스키, 이진아 옮김, 『체험의 창조적 과정에서 자신에 대한 배우의 작업』, 지만지드라마, 2019, 26~27쪽.

2 안재범, 『연기하는 배우의 분석』, 연극과인간, 2020, 99~101쪽.

우는 이렇게 '행동(act)하는 존재(actor)'로 호명되어 왔으며, 희곡 또한 배우의 몸을 입는 것을 전제로 쓰이는 텍스트로서 그 자체로 "한 편의 일련의 행동의 집합체"라고 설명되곤 했다.[3]

이토록 전통적인 설명이 여전히 유효하냐는 반론은 쉬이 예상된다. 연기에 대한, 희곡에 대한 위와 같은 접근은 동시대 연극의 다채로움을 담아내지 못할 뿐만 아니라 확장적 움직임을 가로막는 진부한 규정이 아니냐는 비판 또한 예견된다. 그러나 이는 너무도 피상적인 독해다. 배우에게 희곡의 표면적 언어 속에서 그 언어가 전달하는 건조한 정보에는 노출되어 있지 않은 등장인물의 숨은 의도를 '동사'의 형태로 찾으라는 주문은 하나의 정답을 찾아 그것이 되는 것에서 멈추는 것(being)이 아니라 끊임없는 운동 상태에 들어서야 한다(becoming)는 요청이기 때문이다. '동사'화된 배역의 신체적·심리적 목표를 공유하고 그것을 행하는 과정에서 배우는 끊임없이 생동하게 되는 것이다. 어떤 하나의 고정된 실체가 되는 것에서 멈출 수 없다는, 영원토록 짓고 허무는 과정 속에 들어서야 한다는 아득한 주문. 이것이 바로 연기 이론에서 말하는 '동사 찾기'다.

위와 같은 '동사 찾기'의 의미를 생각하면, 명사의 나열 속에서 동사를 축출하거나 명사를 동사로 전환하려는 시도가 무대 밖, 극장 밖에서도 빈번하게 목격되는 것은 그리 놀라운 일이 아닐 것이다. 철학자 김영민은 '사랑'을 예로 들어 동사적이고 관계적인 사고에 반하는 명사적이고 실체적인 사고의 위태로움을 진단한다. "사랑은 그 본질에 있어 행위이며, '~을 사랑한다'라는 타동사적 구조 속에서만 스스로의 생존과 그 의의를 도모"할 수 있음에도 불구하고 마치 "무슨 숨어 있는 본질인 듯 이해함으로써 그 표현과 분리하려는 매우 위험한 관습이 생겨

---

3   데이비드 볼, 김석만 옮김, 『통쾌한 희곡의 분석』, 연극과인간, 2007, 21쪽.

났다"는 것이다. '활동하지 않는 사랑은 존재한다고 말할 수 없다!'는 그의 일갈은 '명사적 사고의 폐해'를 일깨운다.[4] 동사로서 생동해야 마땅한 것이 운동성과 관계성을 잃고 쉽게 파악·조작 가능한 대상, 또는 상품으로 전락해 온 인류 역사의 대목들을 환기하는 것이다.[5] 그러나 명사는 결국 인류의 발명품일 뿐이다. 제아무리 집요하게 인류사를 지속적으로 지배해 왔다 하더라도 인간이 다시금 동사로 돌이킬 수 있는 인간의 산물일 뿐.

이처럼 '명사에서 동사로의 전환'을 촉구하는 목소리는 인류의 역사를 반성하는 맥락에 놓여 있다. 고정된 실체라고 간주했던 것들을 풀어 실천과 시연의 과정으로 다시 읽고, 더 이상 통제할 수 없어진 시간 속에서 예기치 않게 출현하는 우연들에 주목하는 일. 과정 중심의 창작극 개발사업 [창작공감: 작가]에서 2023년 한 해 동안 다양한 만남을 통해 개발된 두 작품,[6] 박지선 작 〈은의 혀〉와 신효진 작 〈모든〉에서 나는 이러한

---

4   김영민, 『컨텍스트로, 패턴으로』, 문학과지성사, 1996, 58쪽.

5   한국계 미국인 작가 캐시 박 홍의 자전적 에세이 『마이너 필링스』(마티, 2021)에 따르면, 시인 너새니얼 매키는 명사 '타자'와 동사 '타자화하다'를 구별하여 논의를 전개했는데, 이 에세이 제목 또한 미국의 극작가 아미리 바라카에게서 빌려 온 것이다. 바라카는 "백인 음악가들이 흑인 음악으로 이득을 취한 역사를 가리켜 '명사를 동사로' 변질시켰다"고 일갈했는데, 이를테면 "스윙은 음악에 반응한다는 의미의 동사로서 흑인들이 탄생시킨 혁신의 산물이었으나, 백인 음악가들이 이를 탈취하여 거기에 스윙이라는 상표를 갖다 붙였다"는 것(캐시 박 홍, 136~137쪽). 이 글은 '명사에서 동사로'의 전환을 촉구하는 이와 같은 일련의 목소리들에 크게 빚지고 있다.

6   2023년 5월 26일 첫 모임을 가진 이후, '동시대성과 서사', '돌봄과 인권', '젠더'를 키워드로 세 번의 공통워크숍을 진행한 후 초고를 집필하는 시간을 가졌다. 이후 세 번의 초고 피드백 워크숍과 한 번의 국립극단 내부 공유회를 진행했으며, 초고와 수정고를 작성하는 사이사이 작가의 요청

통찰을 목격한다. [창작공감: 작가]가 누구와 무엇을 함께 행할 것인가, 그리하여 그 활동 속에서 발생하는 발견들을 통해 또다시 어떤 행보를 찾아 나설 것인가를 끊임없이 궁리했던, 다시 말해 '창작극 개발사업'이라는 명사에서 수많은 동사들을 찾아 실천코자 했던 과정이라 믿기 때문일까. 그 시간을 반추하며 두 작품을 읽는 동안 나는 명사가 부서지고 그 자리에 동사들이 솟아나는 광경을 상상했다. 지독할 정도로 연극적인 동시에 아슬아슬하게 동시대적인 이 역동이 '2023 [창작공감: 작가]'라는 과거와 이 희곡선이라는 현재, 그리고 무대라는 미래에서 동시에 발생하는 것을 목도했다. 서로가 서로에게 기꺼이 '폐 끼치고' '침투하고 오염'되며 지냈던 시간의 결실이라는 믿음으로, 〈은의 혀〉와 〈모든〉에서 발견되는 '명사가 동사 되는 일', 그 "부단한 생성의 순간들"[7]에 대해 이야기해 보려고 한다.

·

박지선 작 〈은의 혀〉: '가족'이 되지 않은 채 '가족 하기'

〈은의 혀〉는 정은과 은수, 이 두 '은'의 이야기다. 정은과 은수는 장례식장에서 만났다. 은수의 아들 예준의 빈소. 은수는 유일한 유족이었고, 상조 도우미 정은은 차마 은수를 홀로 두고 갈 수 없어 그 빈소에 남았다. 그것이 이 두 사람의 첫 만남이

에 따라 작가마다 두 번의 현장 리서치/인터뷰를 수행했다. 마지막으로 12월 15일에는 작가가 주도하여 준비한 낭독회를 진행했다. 이 내용은 필요에 따라 소개하겠으나, 모든 자리에 대해 상세하게 기술하지는 않으려고 한다. 작품은 작가가 이 모든 시간을 통합적으로 체화하여 발전해 나간 것으로, 어떤 활동이 구체적으로 어떤 결과물을 낳았는지를 따져 묻는 것은 그다지 의미가 없다고 생각하기 때문이다.

7 연극 연구자 김슬기가 장애인 극단 애인의 대표 김지수가 들려준 구술 생애사를 기록한 책 『농담, 옹시, 어수선한 연결』(가망서사, 2022)에서 빌려온 표현이다.

었다. 이후 은수가 아들의 죽음에 대한 기억에서, 아니 그 장례식장에서만이라도 악착같이 도망치려고 했다면, 정은은 은수를 다시 보지 못했을 것이다. 은수가 자꾸만 아들의 빈소가 차려졌던 303호를 찾아 이름도 알지 못하는 고인들을 조문하며 끊임없이 '죽음'을 되뇌었기에, 정은과 은수는 다시 만났다. 봄 지나 여름이 오고, 가을 지나 겨울이 되는 그 한 해 동안 그들은 장례식장에서만 만났다. 그렇게 네 번의 계절이 지나는 동안 그 작고 초라한 빈소에서 번번이 스친 후에야 비로소 두 사람은 통성명을 하고 소주를 청하고 육개장을 건네는 사이가 되었다.

정은은 은수에게 자기 혀는 '은갈치맨치로 반짝반짝하는 은의 혀'이며 이는 외가로 이어져 온 특징이라며, 외증조할머니부터 외할머니, 어머니로 이어지는 '은의 혀' 이야기를 들려준다. 나중에야 밝혀지는 사실이지만 학교 급식실에서 오랫동안 일했던 정은은 이미—조리흄(요리 매연) 때문에 발병하는 대표적인 조리실 산재인—폐암이 많이 진행된 상태였고 그런 까닭으로 백태가 심했던 것일 뿐인지도 모른다. 그러나 정은은 참으로 꿋꿋하게 자신의 혀는 '은의 혀'라고 주장한다. 기실 박지선 작가는 '은의 혀(silver tongue)'는 '굉장한 말솜씨'라는 뜻으로 "의역하면 '퀸 구라'라고도 할 수 있"다고 적어 놓았다. 즉 정은의 말은 죄다 '구라'일 수도 있다. '은의 혀'로 1919년 고종의 수라를, 1951년 6·25 전쟁 중 군인들의 밥을, 1979년 '잘살아보세'를 노래하던 각하의 양주 '시바'를 기미했다는 정은의 외증조할머니, 외할머니, 어머니의 이야기는 애초에 건조한 사실을 전달하는 것을 목적으로 하지 않았을 것이다.

랩처럼 쓰여 있는 정은의 대사를 받아 든 정은 역의 배우는 길고 긴 대사 위에 '정은은 은수의 애도에 동참한다'라거나 '은수를 돌본다', 또는 좀 더 단순하게 '위로한다'라고 고쳐 적을지도 모른다. 전해져야 하는 것은 꾹 다문 당신의 입 안에 '꽁꽁 묶인 혀',[8] 과도한 독박 돌봄 속에서 세상의 독에 새까맣게 타들어간 그 혀를 나도—뼛속 깊이, 핏속 깊이—잘 알고 있다고 전하고픈 마음임을 알기 때문이다. 이것이 바로 관객이 유쾌한 듯 들리는 정은의 '구라' 속에서 애틋한 정은의 '진실' 또는 '진심'을 발견하게 되는 까닭이며, 은수가 정은을 믿게 되는 까닭일 것이다. 기실 종국에 '은의 혀' 이야기는 은수가 이어 써 정은에게 들려주는 것으로 완성된다. 정은의 가족사이지만 정은이 은수에게 건넨 마음이기에 은수가 이 '이야기'의 다음을 이어 쓸 수 있는 것일 터. 이 모두는 진실일 수도, 구라일 수도, 그 사이 어디쯤 있는 것일 수도 있으나, 그 어떤 것이든 둘이 나눈 진심이다.

진심을 품은 거짓, 이는 '이야기'의 본령이다. 진심과 거짓의 운동 속에서 이야기는 변화를 촉발한다. 정은과 은수는 변화한다. 그렇다고 두 사람이 그 '무엇'이 되는 것은 아니다. '무엇'이 가족, 부부, 연인, 친구, 동료 등 어떤 고정된 관계를 칭하는 특정 명사를 지칭하는 것이라면, 두 사람은 그 '무엇'도 되지 않는다. 무엇이 되어 버리는 대신, 설명을 위해서는 반드시 동사가 필요한 관계가 되어 간다. '아프면 들다보는 관계'를 너머 '서로 폐 끼치는 관계'가 되도록 두 사람은 서로가 서로를 돌본다. 두 사람은 '가족'에게 부과되어 온 돌봄을 혈연이나 법제도로 맺어진 전통적 가족의 영토 밖에서 수행한다. 즉 정은과 은수는—가족사회학자 데이비드 모건이 제시한 것처럼 명사가

---

8 '입 속의 묶인 혀'는 생애문화연구소 옥희살롱 상임대표이자 『돌봄과 인권』의 공동저자인 김영옥에게 낭독회를 위해 준비했던 버전의 희곡을 읽고 작성을 부탁했던 서면 피드백에서 가져온 표현이다. 김영옥은 2023년 6월 27일 '돌봄'을 주제로 진행한 공통워크숍의 강연자이기도 했다.

아닌 동사로서의 가족—'가족 하기'를 실천하는 것이다.[9] 두 사람은 구체적인 실천과 시연을 통해 '가족 하기' 중이기에 하나의 증명서로 요약될 수 없고 두 사람의 관계는 시간을 들여 이야기되어야 하는 것일 터. 이처럼 '퀸 구라' 박지선 작가의 '이야기'는 모든 가족이 각기 다른 동사로 끊임없이 수행되어야 마땅하다는 진실을 환기한다.

물론 '가족 하기'가 모두의 몸과 마음을 치유할 궁극적 대안이라는 것은 아니다. 정은의 고통도, 은수의 슬픔도 완전히 사라지지는 않는다. 보다 정확하게 말하자면, 그들의 고통과 슬픔의 종결에 대해 우리는 예단할 수 없다. 이 글이 예준의 죽음에 대해 언급하기를 주저하는 것 또한 은수가 입 안 가득 머금고만 있는 그 이야기를, 정은조차 끝끝내 묻기를 주저하는 그 이야기를 내가 감히 이 짧은 글에 요약할 수는 없기 때문이다. 그러나 '가족 하기'가 설령 모진 현실에서 우리를 구원하지는 못할지라도, 적어도 슬픔과 아픔으로 마스크 속, 입 속에 묶어 두었던 우리의 혀는 서서히 꿈틀댈 수 있을 것이다. 실천의 역동 속에서 입 속에 가둬 둔 이야기를—정은과 은수가 월선과 함께 방문하는—'수다쟁이' 폭포처럼 '잘잘잘' 쏟아내기 시작하고, 온몸으로 불합리를 증언하고 함께 싸우기를 청하며, 진정으로 스스로를 돌보는 삶을 꾀할 수 있을지도 모른다고, 〈은의 혀〉는 조심스레 희망한다. 같은 슬픔과 아픔을 겪고 있을, 숨어 숨죽여 반짝이고 있을 모든 '은'에게 전하고픈 위로와 응원일 터다. 그렇게 은수는 오늘도 알지 못하는 이의 빈소를 찾는다. 당신 또한 생의 한순간 어찌하지 못하는 마음으로 지켰을 그 작은 빈소에서 당신을 맞는다.

---

9   김순남, 『가족을 구성할 권리』, 오월의봄, 2022, 55쪽 참고.

신효진 작 〈모든〉: '인류의 종말' 이후를 살아갈 '인간' 되기

랑은 오늘로 열다섯 살이 되었다. '라이제노카 소속 직원들과 그 가족만 거주할 수 있는 핵심 인류 잔존 구역'인 A구역에서 자신을 '엄마' 대신 중립적인 이름으로 불러 달라고 말하는 '생물학적 엄마' 미무와 살고 있다. 랑은 인간의 도시를 돔으로 구획하여 보호하는 초인공지능 라이카 덕분에 지극히 안온한 삶을 살아간다. 라이카는 책을 들려주고, 사용자의 실시간 신체 상태를 모니터링하며, 통증을 제어하여 고통을 느끼지 않을 수 있도록 돕고, 모든 면에서 완벽한 식사 키트를 제공한다. 오류를 최소화하고 우연을 통제한다. 랑은 바로 이 라이카가 키운 아이로 오후에 라이카와의 커넥팅 시술만 받고 나면 '두 글자 이름'을 갖는 '생산가능인구'가 될 것이다. 라이카를 위한 활동을 시작해 A구역에 기여하는 쓸모 있는 존재가 되는 것이다. 그런 랑이 정체불명의 '식별 불가능 개체' 노인 페를 만나 펼쳐내는 모험담이 바로 〈모든〉의 서사다.

페는 랑에게 바깥으로 향하는 문을 찾으러 가자고 한다. 죽은 아들의 머리카락에서 자라난 버섯을 심을 땅을 찾기 위함이라는데, 랑은 페가 무슨 말을 하는지도 도통 모르겠지만 '왜 하필 나'인지가 더 궁금하다. 논리적인 생각보다는 공상을 좋아하고, 실재하지 않는 것을 그리워하는 게 가능한지를 질문하며, 나중에 밝혀지는 것이지만 어린 시절 A구역 바깥으로 나가본 적이 있는 랑은 일견 모험의 주인공으로 너무나도 맞춤해 보인다. 페처럼 이 효율 중심 사회의 예외 같다. 그러나 페가 이 모든 것을 알고 랑을 선택한 것은 아니다. 우연이었다. 존재에 이유가 없듯, 페와 랑의 만남도 우연이었다. 그러나 페가 랑에게 모든 존재는 '우연한 존재'임을 일깨울수록, 랑의 존재론적 질문은 깊어 간다. 나는 왜 나고, 나는 왜 존재해야 하며, 꼭 나여

야만 하긴 했는지, 랑은 궁금하고 불안하다. 인간의 질문은 본디 이토록 나르시시즘적이라 자기 자신만을 향하고, 결국 끝끝내 설명될 수 없는 '우연'이 너무도 두렵다.

그럼에도 랑은 결국 문을 연다. 라이카도 알지 못하던 답을 찾는다. 질문을 다시 써야 함을 발견한다. 마치 랑에 의해 '필연의 세계'였던 A구역이 붕괴할 것 같다. 인간의 미래인 아이 랑이 라이카가 지배하던 이 기이한 세계에서 인류를 구원할 것만 같다. 그러나 〈모든〉은 인간이 영웅 되어 몰락하는 세계를 구원하는 그런 근시안적인 포스트-아포칼립스 서사가 아니다. 우선, 이 세계의 균열은 랑의 여정 이전에 이미 시작되었다. '랑의 생물학적 엄마' 미무는 그 누구보다 이 세계의 세계관을 체화한 듯 말하지만 랑에게는 기묘한 애착을, 유전자 결합 상대자인 '랑의 생물학적 아빠' 가리에게는 스스로도 이해할 수 없는 증오를 느낀다. 사랑도 증오도 의아한 그녀는 무엇보다 랑의 실종에 술렁이는 자신의 마음이 당혹스럽다. 가리는 간지럽다. 무엇 때문에 시작되었는지 모를 무좀 때문에 미쳐 버릴 지경으로 간지러워 손발톱을 뽑고 살갗을 뜯어내는 중이다. 그리고 가리의 연구실 동료인 킴코는 보다 유능한 존재가 되기 위해 자신의 통제 불가능한 육체를 버리고 마인드를 업로딩하겠다고 결심한다. 몸을 없애 비로소 쓸모 있는 존재가 되겠다는 선택을 하는 것. 남편과 열렬히 사랑했으나, 전동 나이프로 자신의 목을 자른, 그렇게 자살을 선택한 도루의 아내처럼, 모든 이들은 이미 오염되었다.

이처럼 〈모든〉의 인물들은 감정도, 고통도, 선택도 통제되지 않는다. 게다가 이들이 겪는 균열은 내부의 발현인지 외부의 침투인지도 확실치 않다. 랑과 폐가 문을 발견하기 전에 이미 A구역에는 틈이 존재했고 벌어진 틈으로 '아주 미세하고 촘

촘한 거미줄 같은' 균사가 뻗어나고 있었으며, 붉은 무좀균은
—늪지에는 꿈에서밖에 가 본 적 없는—가리의 몸을 공유지 삼
았다. 이 세계의 예외는 랑와 페가 아니라, 오히려 A구역의 '생
산가능인구', 미무·가리·킴코가 믿고 있는 성장지향이라는 근
대적 세계관인 듯하다. 종국에는 라이카에게조차 부정되는 허
울뿐인 인간 중심의 영토 확장과 효율을 기반한 이들의 세계
관, 그것이 실로 이 세계의 기이한 예외다.

결국 〈모든〉은 순결한 몸, 멸균된 세계란 환영일 뿐임을 환
기한다. '독립적인 개체'라는 생각은 인간이 가졌던 나르시시
즘적 착각이자, 인간이 인간뿐 아니라 지구의 모든 공동거주자
의 생을 위협하는 방향으로 써 내려온 근대적 세계관의 근원적
오류라는 동시대의 통찰을 구체적으로 감각하도록 이끈다. 기
실 버섯과 함께하는 여행을 통해 '안정성의 약속이 부재하는
삶'을 탐구하는 2023년의 화제작, 애나 로웬하웁트 칭의 『세계
끝의 버섯』에 따르면, "어떤 생물종이든 살아 있기 위해서는 살
기에 적합한 협력이 필요하다. (…) 협력이란 차이를 수용하며
일한다는 의미로, 이것은 곧 오염으로 이어진다."[10] 오염이 협력
의 다른 이름이라는 놀라운 통찰. 모든 것들은 서로가 서로에
게 마치 버섯의 균사처럼 촘촘하고 얇은 그물망으로 연결되어
있으며, 따라서 연결 안에서 변형되는 것이 유일한 생존의 길이
다. 기꺼이 오염되는 것. 오염이 바로 협력이고, '오염하기'의
영원한 지속이 세계가 생존하는 유일한 길이다.

---

10   애나 로웬하웁트 칭, 노고운 옮김, 『세계 끝의 버섯』, 현실문화, 2023, 64
      쪽. 2023년 7월 7일 '젠더'를 주제로 진행했던 공통워크숍의 강연자였
      던 문학평론가 오혜진의 이른 소개로 번역본의 출판을 손꼽아 기다렸
      으나, 신효진 작가의 '버섯'에 대한 이해는 여름 동안의 리서치로 번역본
      출판 이전 이미 많이 정리되었다. 즉, 신효진과 칭은 각자 다른 리서치
      를 거쳐 비슷한 생각에 도달했다고 말하는 것이 정확할 터다.

하여 라이카는 실패했다. 인간의 영토를 회복하고 미래로 나아가려는 이 세계의 계획은 무너졌다. 폐와의 우연한 마주침 이후 줄곧 '틈'을 보았고 '틈'을 만났던 랑은 다른 존재의 침투에 자신의 몸을 내어 준다. 연결되어 함께 변형되기를 선택한다. 이 과정이 필연적으로 수반할 우연을 포용한다. 진짜 모험이 비로소 시작되는 것. 있을 법하지 않은 이야기인가? 허나 우리는 있을 법하지 않다는 이유로 근대 문학이 배제했던 수많은 일들이 실제로 일어나는 것을 이미 너무나도 많이 목격했다. "있을 법하지 않음에도 불구하고 초현실적이지도 마술적이지도 않은" 그런 사건들, 재난들, 참사들이 우리의 현실임을 안다.[11]

물론 두렵다. 문득 주춤하며 섬뜩해진다. "나보다 훨씬 나은 존재가 만든 세상에서", "말이 되는 세계에서 살고 싶었"다는 랑의 고백은 우리의 토로이므로. 그러나 오염이 삶으로 향하는 유일한 길이며, 따라서 랑의 선택은 인간을 삶으로 이끄는 결말이다. 다른 존재와의 상호 얽힘 속에서 '인류의 시간' 동안 멈추었던 오염이 재개되면 그 존재를 더 이상 '인간'이라고 부를 수 없게 될지도 모르지만, 우리는 다시금 살아 있는 세계

---

11   아미타브 고시, 김홍옥 옮김, 『대혼란의 시대』, 에코리브르, 2021, 42쪽. 소설가이자 인류학자 아미타브 고시는 근대 문학이 기후 위기를 다루는 데 실패한 까닭을—부르주아적 삶의 질서에 대한 믿음을 바탕으로 한—개연성에 대한 강박에서 찾는다. 고시에 대한 임옥희의 독해는 고시의 논의가 〈모든〉과 어떤 지점에서 공명하는지를 선명하게 보여 준다. "아미타브 고시는 기후 위기와 자연 재앙은 합리적 개연성으로 설명할 수 없다고 말한다. 현실에서 일어나는 우연한 가능성은 필연적 개연성을 초과하는 사건이다. 그렇기 때문에 완결적인 개연성은 인간의 통제와 이해를 넘어선 재앙을 설명하는 문학적 장치로서는 설득력이 떨어진다. 우연한 가능성에 지배되는 기후 위기를 합리적 개연성으로만 묘사하려 든다면, 그것은 기후 위기에 대처하지 못하는 상상력의 빈곤과 다를 바 없다는 것이다. 고시는 열등한 장르로 취급되어온 SF적인 상상에서 새로운 가능성을 찾는다."—임옥희, 「병리적인 시대에, 다른 상상으로」, 《문학동네》, 2022년 가을호, 86쪽.

속 살아 있는 존재가 될 것이다. 다시금 동사의 역동 속에 놓일 것이다. 그렇게 생을 이어 갈 수 있을 것이다. '인류'는 멸망하나 인간은 그 '무엇'도 아닌 것이 되어 부단한 생성 속으로 들어가리라는,[12] 이처럼 지독하게 거짓 없이 희망적인 이야기를 나는 알지 못한다.

의존을 배운 시간들을 딛고, 지속될 오염을 탐하며

과정을 함께하며 나는 여러 버전의 희곡을 읽었다. 어떤 선택들이 어떻게 바뀌어 나갔는지도 기억한다. 그러나 그 모든 변화를 이 글에 담아낼 수는 없을뿐더러 작가의 마음이 어느 순간에 정확하게 어떤 자극 때문에 어떻게 움직였는지 내가 안다고 말할 수는 없다. 그럼에도 불구하고 곁에 있었던 사람으로서 몇몇 에피소드는 나누고 싶다. 박지선·신효진, 이 두 극작가에 대한 자랑이기도 변호이기도 하겠으나, 무엇보다 당신의 희곡 읽기가 극작가의 시간을 상상하고 살피는 일까지 이어지기를 바라는 나의 욕심이다.

과정 중심의 창작극 개발사업 [창작공감: 작가]가 궁극적으로 지향한 것은 매년 꽤 흥미롭고 영리한 작품 두 편을 선보이는 데 그치는 것이 아니라, 극작가가 다종다양한 언어와 시선을 가진 사람들과 서로 영향을 주고받는 과정에서 작업할 수 있는 환경을 마련하는 것이었다. 한국 연극 생태계가 그런 환

---

12   영화평론가 손희정은 "인류가 종말했는데 인간은 살아남을 수 있단 말인가?"라고 묻고 철학자 존 그레이의 언어를 경유하여 답한다. "인류란 '수십억 명의 개인으로 구성된 허구'일 뿐이며, '인류 문명사'가 이 '상상의 공동체'를 "유지하기 위해 작동하는 강력한 지배적 허구"라는 것. 하여 "'인류의 종말'은 북반구 중심적 역사관의 종말에 가깝고, 인류가 종말했다고 해서 구체적 실체로서 인간이 멸종하는 것은 아니다."—손희정, 『손상된 행성에서 더 나은 파국을 상상하기』, 메멘토, 2024, 149~150쪽.

경을, 그런 시간을 욕심내길 바랐다. 효용가치를 따져 안전한 방향으로만 내딛는 대신, 함께 실패할 수 있음을 기꺼이 감당하겠다는 담대한 마음을 나는 자꾸만 탐했다. 그것이 김광보 연출가가 국립극단의 예술감독으로 부임하여 [창작공감]이라는 품 많이 드는 프로그램을 만든 의지였으니까, 그리고 무엇보다 연극은 본디—페기 펠란의 표현을 빌려 강하게 말하자면—"한심한 투자(poor investment)"이니까,[13] 탐해도 되는 마음이라고 믿었다. 시장경제체제 관점에서는 지극히 낭만적이고 사치스럽게 들릴지도 모르지만, 연극 창작자라면 쉬이, 그리고 어쩌면 끝끝내 버리지 못할 그 바람을 나누고자 함이다.

2023년 7월 11일, 서울의 최고기온이 28도까지 올라갔던 그 덥디덥던 여름날, 박지선 작가는 갈치를 구웠다. 모 대학의 급식실 현장 취재를 위해 평생 구운 생선보다 더 많은 갈치를 구웠다고 했다. 그 학교 식당은 비교적 환경이 좋은 곳이었고, 인터뷰에 응해 주신 급식 노동자 분들도 일에 대한 자부심과 만족감을 표하셨다고 했다. 아니 보다 정확하게 말하자면, 급식 노동의 고단함이나 만연한 산재에 대해서는 말을 아끼셨다고 했다. 그러나 두 달도 채 지나지 않아 박지선 작가가 만났던 급식 노동자 전원이 퇴사했다. 〈은의 혀〉가 어떤 이야기들을 속 시원히 들려주지 않는 것 같다면, 작가에게서 어떤 망설임이나 주저함이 발견된다면, 그것은 그 여름 하루를 꼬박 함께 일했던 분들에 대한 존중이 아닐까 싶다. 차마 다 말할 수 없는 마음

---

13 페기 펠란은 다음과 같이 썼다. "라이브 퍼포먼스와 연극('실제 신체로 하는 예술')은 이를 비논리적이고 분명히 한심한 투자로 만드는 재현 경제에도 불구하고 지속된다. 연극과 퍼포먼스는 상실, 특히 죽음에 대한 예행연습이 간절한 우리의 정신적 필요에 응답하는지도 모른다."—Peggy Phelan, Mourning Sex: Performing Public Memories, London and New York: Routledge, 1997, p.3.

에 대한 예의가 아닐까 한다.

신효진 작가는 8월 1일 카이스트 뇌인지과학과 교수 정재승을, 11월 30일 국립농업과학원 농업미생물과 연구관 홍승범을 만났다. 정재승에게는 생성형 AI가 중심체제가 된 세계의 모습과 머신러닝 알고리즘에서의 환각 반응에 대해, 홍승범에게는 곰팡이와 균과 버섯에 대해 듣기 위함이었다. 나는 한번은 자리를 함께했고 한번은 녹취록을 받아 읽었는데, 구체적인 내용은 너무도 어려웠으나 두 전문가의 애정과 단호함에 매혹될 수밖에 없었다. (곰팡이에 대한 사랑이라니!) 그러나 더욱 놀라웠던 것은 두 분 모두 신효진 작가의 상상을 온전히 응원하고 지지했다는 점이었다. 설령 과학적으로 적확하지 않다고 하더라도 작가가 그리는 세계를, 그 통찰을 두려움 없이 써 내려가기를 바란다고 두 분은 강조했다. 만약 〈모든〉의 대담하고 급진적인 상상력에서 작가의 자신감이 발견된다면, 그것은 신효진 작가의 지독한 성실함뿐 아니라 두 과학자의 응원과 지지 덕분이 아닐까 한다.

작년 희곡선 해설에 나는 "수많은 사람들의 응원과 지지를 기반한 '난잡한 돌봄'이 [창작공감: 작가]가 쓰고 있는 이야기라는 것을, 그렇게 마주한 동료들의 각기 다른 지향과 취향에서 발생하는 충돌과 충돌이 촉발하는 질문들이 동시대성 탐구의 진정한 동력이었다는 것"을 깨달았다고 적었다.[14] 올해는 여기에 '의존'을 덧붙이고 싶다. '의존'이 있어야 '돌봄'이 일어남에도 불구하고, '의존'의 당연함을 말하고 '의존'을 요청하는 것은 너무나도 어려운 일이다. 자신의 취약성을 드러내는 일이기 때

---

14 '2022 [창작공감: 작가]' 희곡선인 『몬순』과 『보존과학자』(걷는사람, 2023)에 실은 '운영위원의 글', 「한없이 납작해진 존재들을 조심스레 그러담은 이야기들」에 필자가 적은 문장이다.

문이다.[15] 그럼에도 불구하고 박지선·신효진 작가는 참으로 수많은 사람들에게 '폐 끼치겠다'고 선뜻 나서 주었다. 자부컨대 〈은의 혀〉와 〈모든〉이 성장하는 과정을 함께했던 모든 이들은 단단한 기쁨을 누렸다. 인권활동가 김영옥이 공통워크숍에서 목걸이에 매달린 '펜던트(pendant)'[16]를 경유하여 강조했듯, 서로에게 잘 매달려 있는 것이 중요한데, 우리의 과정을 함께한 분들은 모두 이미 그 가치를 알아 함께하기를 선택한 사람들이었고, 더 나아가 〈은의 혀〉와 〈모든〉을 통해 그 매혹을 다시금 확신하게 되었을 터, 나는 감히 그렇게 말할 수 있다.

앞서 언급한 강연자들을 포함하여, 연극평론가 배선애, 극작가 겸 연출가 이연주, 극작가 한현주, 사회학자 엄기호, 문학평론가 오혜진, 간호사 박은주, 연극평론가 김민조, 사진작가 김신중, 영상감독 최강희·홍서연, 그리고 낭독회를 함께해 준 많은 배우들을 비롯하여, 국립극단 작품개발팀 이슬예 프로듀서를 포함한 수많은 극단 관계자들을 대신하여 두 극작가에게 감사를 전하고 싶다. 기꺼이 의존해 줘서, 돌봄을 청하고 의존을 품으며 살아가는 삶을 부끄럽게 생각하지 않을 수 있게 해 주어서, 본디 생이란 그렇게 상호침투하고 오염되며 이어지는 것임을 일깨워 주어 고맙다.

당신도 이렇게 '2023 [창작공감: 작가]'와 만나 여기까지 함께 왔다면, 〈은의 혀〉와 〈모든〉을 만나기 이전으로는 결코 돌아갈 수 없을 것이다. 미안하다. 고고하고 도도하게 홀로 살아가기는 이제 글렀다. 동사화된 이야기가 '의존'과 '오염'이라는 명사를 새로이 썼다. 하여 우리 삶의 근본적인 작동 원리인 이

---

15   에바 페더 키테이, 김희강·나상원 옮김, 『돌봄: 사랑의 노동』, 박영사, 2016 참고.

16   펜던트(pendant)는 pend(매달리다)와 ant(~것)가 합쳐진 단어이다.

역동을 애써 외면하는 삶과는 끝장이 났다. [창작공감: 작가]는 그런 이야기를 썼다. '창작극 개발사업'이라는 명사를 허물어 수많은 동사들로 이루어진 이야기를 썼다. '동사 찾기'라는 아득한 주문에 응하여 부단한 생성으로 이어질 그런 이야기를.

모든　　　　　지은이 ｜ 신효진
　　　　　　　　2024년 8월 2일 1판 1쇄 펴냄

펴낸이　　　　재단법인 국립극단
　　　　　　　박정희 단장 겸 예술감독
진행　　　　　정용성, 이슬예
주소　　　　　서울특별시 종로구 대학로 57 홍익대학교 대학로
　　　　　　　캠퍼스 교육동 2층
웹사이트　　　www.ntck.or.kr
전화　　　　　02 3279 2218

펴낸곳　　　　걷는사람
펴낸이　　　　김성규
편집　　　　　김안녕 조혜주 한도연
디자인　　　　신혜연
주소　　　　　서울 마포구 월드컵로16길 51 서교자이빌 304호
전화　　　　　02 323 2602
팩스　　　　　02 323 2603
등록　　　　　2016년 11월 18일 제25100-2016-000083호
ISBN　　　　 979-11-93412-44-2 [04810]
　　　　　　　979-11-91262-97-1 [세트]